KB009005

DREAMBOOKS

DREAMBOOKS★

DREAMBOOKS★

새빨간 당근 판타지 장편소설

FANTASY STORY & ADVENTURE

붉은 여제

dream books
드림북스

붉은 여제 3

초판 1쇄 인쇄 / 2015년 3월 27일
초판 1쇄 발행 / 2015년 4월 3일

지은이 / 새빨간 당근

발행인 / 오영배
책임편집 / 편집부
펴낸 곳 / (주)삼양출판사 · 드림북스

주소 / 서울시 강북구 도봉로 173
대표 전화 / 02-980-2112 팩스 / 02-983-0660
편집부 전화 / 02-980-2116 팩스 / 02-983-8201
블로그 / blog.naver.com/dreambookss

등록번호 / 제9-00046호
등록일자 / 1999년 3월 11일

값 8,000원

ISBN 979-11-313-0207-1 (04810) / 979-11-313-0204-0 (세트)

* 지은이와 협의하에 인지는 생략합니다.
* 잘못된 책은 구입한 곳에서 바꾸어 드립니다.

이 도서의 국립중앙도서관 출판시도서목록(CIP)은 서지정보유통지원시스템홈페이지
(http://seoji.nl.go.kr)와 국가자료공동목록시스템(http://www.nl.go.kr/kolisnet)에서
이용하실 수 있습니다. **(CIP제어번호: 2015009248)**

새빨간 당근 판타지 장편소설

FANTASY STORY & ADVENTURE

붉은 여제

dream books
드림북스

목차

붉은 여제

제1장

검은 도마뱀

『세상에는 아직 재미로 가득하구나. 하기야 이런 재미조차도 없었다면 살아갈 이유가 없지 않은가. 진실을 알고도 감당할 자신이 있다면 들려주겠다. 네가 진정으로 궁금해 했던 진실에 대해서.』

메를리니가 제국 남부 상업도시 사피에에서 여흥을 즐기고 얼마 지나지 않아서였다.

루티아르의 북동쪽. 대륙 중심을 가로지르는 그 누구의 영토도 아닌 무법의 땅, 얀즈루 협곡.

그곳에는 인간을 닮았지만 인간이 아닌 두 종족이 살아가고 있었다. 흑족 자드나, 신수족 케임브리지가 그것이었다. 그들은 타종족이 자신들의 땅을 밟는 걸 곱게 보지 않았다.

그렇다 보니 주변의 인간들은 협곡 외곽에 자리 잡고 살 수밖에 없었다. 조크톤 마을은 그중 하나였다. 오늘 조크톤에는 특별한 손님들이 방문했다.

손님은 루티아르 왕국에서 찾아온 왕태자 부부였다. 원래 레이드는 자신을 따르는 군소귀족만을 데리고 올 참이었지만, 메를리니가 함께 가고 싶어 하자 동행을 허락했다.

"모두 짐을 풀도록. 당분간은 이곳에서 지내면서 상황을 살핀다."

마을에 머무는 동안 주변을 파악하는 건, 이번 일정을 도맡았던 커틀라스 백작이 일임했다. 그는 부대를 나눠서 협곡 외곽을 파악해 나갔다.

협곡에서는 괴물들의 목소리가 자잘하게 들려왔다. 때로 협곡 입구까지 다가갔을 때는, 섬뜩하다싶은 기괴한 목소리가 울려오기도 했다.

그런 얀즈루의 협곡 중에서도 가장 위험하다는 검은 골짜기가 레이드의 목표지역이었다. 아무리 생각해도 그곳은 위험하다. 역시 아내를 데려가기에는 불안한 감이 없지 않았다.

"메를리니, 괜찮겠소?"

"네. 저희 쪽 인원 모두 괜찮아요."

메를리니는 완강하다 못해 의연했다.

레이드는 한숨을 내쉬며 그녀를 설득하기를 포기했다.

“후우. 당신이 함께 하겠다니 어쩔 순 없지만. 위험할 것 같으면 바로 돌아가야 하오.”

협곡 안에선 흑족을 비롯해 정체를 알 수 없는 괴물들이 출몰한다는 소문도 있었다. 그래도 어찌하겠나. 메를리니 자신이 가고 싶다는 것을.

이내 레이드는 충분한 병력을 갖추고 조크톤 마을을 나섰다.

검은 골짜기로 출발하고 얼마 지나지 않았을 즈음.

행렬의 정면에 누군가가 뛰어들더니, 양팔을 벌리고 행렬을 멈춰 세웠다.

선봉의 기사가 말을 몰아 앞으로 갔다.

“왕태자 내외분의 행차시오. 길을 비키시오.”

“에에? 왕태자 전하시라고요? 어, 어느 나라인가요?”

기사는 대답 대신 가슴팍의 인장을 보여줬다. 정갈한 금빛 문양으로 하여금 그가 루티아르 왕국의 기사임을 증명했다.

눈을 가릴 만큼 동그란 안경을 낀 여인은 손뼉을 치며 고개를 끄덕였다.

"아아, 루티아르 왕국이시군요! 저는 알테마리아 공화국 출신 기자 플로어라고 합니다. 실은 제가 이번에 얀즈루의 협곡 취재로 조크톤을 찾아왔거든요."

플로어는 수줍은 미소를 입가에 덧그렸다.

"그, 근데 알다시피 얀즈루의 협곡이 좀 무서운 곳인가요. 어떻게 할지 고민하던 차에 때마침 큰 규모로 협곡에 진입하는 사람들이 있다고 해서 이렇게…… 흠흠, 죄송하지만 도, 동행해도 될까요?"

그녀는 말을 마치고도 주뼛주뼛하며 어수룩한 모습을 보였다. 도무지 기자라고는 생각할 수 없을 모습이었다.

기사는 한숨을 내쉬며 비켜달라는 말을 건넸다. 그때 레이드가 말을 몰아 다가왔다.

레이드의 모습을 본 플로어의 얼굴에 화색이 돌았다. 꽃미남도 울고 갈 외모에 넋이 나갈 지경이었다. 그녀는 무심결에 손에 들고 있던 수첩을 떨어트렸다. 수첩이 발 위에 툭 떨어지자 깜짝 놀라서 허둥댔다. 설상가상 허둥지둥 대다가 돌부리에 걸려 넘어지는 추태까지 보였다.

레이드의 지시로 카이트가 말에서 내려와 왈가닥 아가씨를 일으켜 세워줬다. 플로어는 축 처진 안경을 고쳐 쓰며 배시시 웃었다.

카이트가 엄한 목소리로 말했다.

“예를 갖추시오.”

“아아, 네.”

플로어는 가방에 아무렇게나 쑤셔놨던 빵모자를 꺼내 써선 레이드에게 예를 갖췄다.

“저, 정식으로 인사드립니다. 제 이름은 플로어 아르나베아, 알테마리아 공화국의 기자입니다. 괜찮으시다면 이번 협곡길에 동행하고 싶습니다. 절대로 왕태자님과 왕태자비님에 대한 이야기는 적지 않겠습니다!”

어찌나 긴장했는지 말을 마치자마자 숨을 몰아쉬었다.

레이드는 메를리니와 카이트를 돌아보며 의사를 물었다. 메를리니는 별로 불만이 없어 보였다. 어째선지 비교적 유들유들한 성향이었던 카이트만이 반대의사를 표했다.

카이트의 반응이 신경 쓰이긴 했지만, 레이드는 메를리니의 의견에 따랐다. 메를리니는 플로어의 엉뚱함에 호기심이 동한 참이었다.

결국 왕태자 부부의 지시에 따라 플로어는 병사들 사이로 합류하게 되었다. 한편 카이트는 계속해서 미심쩍은 기분을 떨쳐 내지 못했다. 그는 저 뒤에서 쫄래쫄래 쫓아오는 플로어라는 여성에게서 긴장을 늦추지 않았다.

"풍기는 분위기만으로는…… 흠……."

카이트는 짐짓 턱을 괴었다.

그는 방금 전, 넘어졌던 플로어를 일으켜 세워주다가 보았다. 큼지막한 안경 뒤편에 어렴풋이 내비친 날카로운 눈매를…….

그러나 카이트의 의심 섞인 시선과 상관없이 플로어는 잔뜩 신이 나선 콧노래를 흥얼거렸다. 가끔 중심을 잃을 뻔도 했다. 어딘가 모르게 기자답지 않게 어리바리한 행동을 계속 내보였다.

남자의 보호심을 자극하는 그녀의 푼수 같은 성향은 왕태자 일행의 분위기를 풀어 주는 데 제법 일조했다.

얀즈루의 협곡에 가까워질수록 소스라치는 바람이 칼날처럼 뺨을 적셔왔다. 협곡 입구로 들어섰을 땐 괴물의 울음소리 마냥 괴기한 소리가 메아리쳤다.

천천히 말을 몰아가던 메를리니의 시야에 검은 뭔가가 스쳐 지나갔다.

"뭐지?"

협곡 위로 뭔가가 날아간 듯싶었다. 새? 날개 달린 괴물? 워낙 순식간에 지나가서 판별이 힘들었다. 그녀처럼 다른 이들도 긴가민가한 얼굴들이었다.

레이드가 오른쪽으로 말을 몰아갔다. 그는 거칠게 튀어나온 협곡의 측벽을 만져봤다. 손가락에 전해져오는 촉감만으로 협곡이 얼마나 단단한지 짐작이 갔다.

"어디. 시험해볼까."

검을 뽑아서 가볍게 휘둘러봤지만 자그마한 흠집을 내는 게 고작이었다. 그 또한 어릴 때부터 뛰어난 교관에게 훈련을 받은 실력자였다. 그런 그의 칼질도 협곡의 단단함 앞에 선 어린애 장난 같았다.

그렇게 얼마나 나아갔을까. 선두를 이끌고 있던 기사가 행렬을 멈춰 세웠다. 그는 병사들에게 위치를 지키라 명하고 홀로 앞으로 전진했다.

기사는 앞쪽에 서 있었던 검은 로브의 남자와 마주했다. 언제든 검을 뽑을 수 있도록 만전을 기했음에도, 남자에게서 전해져오는 이상한 기운에 몸이 긴장됐다.

남자는 살며시 오른손을 치켜 올렸다. 기사가 바짝 경계하든 말든 오른손으로 원형을 그려 보였다.

"방금 제가 그린 것은 옛날부터 흑족 카미에반에 전해져 내려오는 주문의 초기동작입니다. 이 이상 다가오면 공격하겠다는 위협이기도 하지요."

"루티아르 왕국 왕태자 내외분의 행차시오. 당신들에게

위해를 가할 생각은 없소."

"그대들이 무엇 때문에 찾아왔는지는 중요치 않습니다. 그저 우리의 땅을 침범하는 자들을 배제할 뿐이지요."

"대가는 충분히 제공해 드릴 것이오."

그러고 설득을 위해 몇 마디를 더 나눴지만 진전이 없었다. 결국 기사는 돌아가서 레이드에게 상황에 대한 보고를 올렸다.

레이드는 얼마간 고민하는가 싶더니 이내 흑족에게 다가가 간청해 봤다. 그러나 말에서 내려 정중히 예의를 보인 그의 태도에도 불구하고, 흑족의 남자는 완강한 태도를 일관했다.

레이드는 다른 길을 모색하는 쪽으로 생각이 쏠렸다. 흑족의 땅에 함부로 발을 들였다가 문제라도 생기면 곤란했다.

그러나 길안내를 맡고 있었던 커틀라스 백작은 생각이 달랐다. 이번 계획의 일등공신은 커틀라스라고 해도 과언이 아닐 입장이었다. 그가 알아본 대로라면 이 길 외에는 검은 도마뱀을 만날 기회의 줄이 없었다.

이번 계획이 이대로 어이없게 실패한다면 왕태자의 신임을 잃어버릴 우려가 다분했다. 그는 은밀히 기사 몇과 병사들에게 명령을 하달했다.

그들은 행렬이 뒤로 돌아서려할 때쯤 흑족 남자에게 달려들었다.

결국 레이드가 뭐라 말리기도 전에 상황은 급변했다. 흑족이 허공에 마법진을 마저 그려서 마법을 펼쳤다. 그가 그려놓은 원형 마법진에서 눈부신 빛이 번쩍이더니 흑족들이 쏟아져 나왔다. 검은 로브를 눌러쓴 흑족의 부대는 그대로 행렬에게로 덤볐다.

빛 때문에 눈을 비비고 있었던 선두의 병력은 속수무책으로 흑족들에게 죽임을 당했다.

"두 분 다 뒤로 물러나십시오!"

카이트가 병력을 추슬러서 치고 들어오는 흑족들과 대적했다. 무기와 무기가 부딪치는 쇳소리가 격하게 울려 퍼졌다.

처음에는 흑족들이 우세했으나 금세 승기가 돌아섰다. 당연하다면 당연한 결과. 카이트를 주축으로 한 전력은 기사에서 병사까지 최정예였다.

본디 왕태자 호위를 본업으로 삼고 있는 실력자들이었다. 병사 한 명이 능히 지방귀족의 말단기사 하나를 쓰러트릴 수준이었다.

여기에 메를리니를 따르는 군세가 더해졌다면 더욱 확실히 제압했을 것이다. 하지만 이르에나 유지니, 르나이아가, 그 외 호위병사들은 이번 여정에 동참하지 않았다. 그녀를 따라온 것은 몇몇 궁녀들뿐이었다.

세 사람은 각각 특별임무를 위해 파견된 상태였다. 유지니만은 궁녀로서 남겠다고 했지만, 그녀가 이행해야 할 임무는 다른 두 사람의 것보다 막중했기에 어쩔 수 없었다.

“슬슬 승기가 보이네요.”

회귀 후 산전수전을 다 겪은 메를리니는 이제 제법 전투의 향방을 보는 안목이 생겼다. 그녀의 말처럼 전투는 끝이 보여 갔다.

차츰 아군이 밀리기 시작하자 마법을 부렸던 흑족 남자가 다시 마법진을 준비했다. 이번에는 아까처럼 금방 마련되는 기질이 아니었다.

놀랍게도 그 낌새를 가장 먼저 알아차린 건 메를리니도 레이드도 아닌 플로어였다.

“저기요! 저기! 저 사람 위험해 보여요!”

그러나 전투로 한창 정신이 없었던 호위부대에게는 그녀의 목소리가 닿지 못했다.

“이런…… 진짜 위험한 것 같은데.”

플로어는 전전긍긍했다.

그렇다고 레이드나 메를리니를 설득하기에도 시간이 부족했다. 이내 플로어는 겁도 없이 난전지로 파고들었다. 가까스로 카이트에게 달라붙어선 흑족 마법사에 대해 말해줬다.

플로어의 등장에 놀란 것도 잠시, 카이트는 바로 흑족 마법사에게로 시선을 돌렸다. 그는 자신에게 달려드는 흑족을 쓰러트리고 곧장 마법사에게 돌진했다.

카이트 옆이 안전하다고 판단한 플로어도 재빨리 카이트의 뒤를 따라붙었다.

흑족 마법사가 비릿한 웃음을 머금었다. 그의 양손에 감돌던 대량의 마력은 그대로 거대한 덩어리로 변해 버렸다.

카이트와 플로어가 난전지에서 막 빠져나온 순간.

검은 구가 주변을 집어삼켰다. 검은 기운에 휩싸인 호위부대의 비명 소리가 끊임없이 빗발쳤다.

일정 거리를 두고 그 광경을 지켜보고 있었던 레이드가 달려드려는 걸 메를리니가 말렸다.

"지금 가시면 위험하세요!"

"메를리니! 저곳에는 내가 갓난아기 때부터 함께 했던 기사나 병사도 있소! 심지어 카이트도 저기에 있거늘!"

"당신의 어깨에는 그들만 있는 게 아니지 않습니까! 여기 남아 있는 사람들…… 허어……?"

메를리니는 잡고 있던 레이드의 팔을 놓고 말았다. 멍하니 정면을 바라보는 그녀의 모습에 레이드도 고개를 돌렸다.

검은 구 안에서 어떤 불꽃이 강렬하게 빛을 발하더니 주변을 뒤덮을 거대한 폭발이 일어났다. 단단하기로 소문난 얀즈루 협곡의 지반이 뒤흔들릴 정도였다.

메를리니는 물론 주변에 있던 모두가 폭발에 휩쓸려 들어갔다.

* * *

공간의 균열이 일어나면서 대부분의 사람들이 뿔뿔이 흩어지고 말았다. 마치 강제로 순간이동을 당한 것처럼.

카이트는 어딘지 모를 협곡길에서 정신이 들었다. 일어나자마자 왕태자 내외의 행적을 찾아 헤맸으나 좀처럼 흔적조차 보이지 않았다.

"제길……."

달리 방법이 없었다. 앞쪽인지 뒤쪽인지 모를 길을 쭉 따라 걸었다. 주변에는 시체를 비롯한 그 어떤 잔재 하나 없었다.

카이트는 한숨을 푹 내쉬었다.

공허함이 그의 마음을 잠식해갈 즈음, 꺾이는 길목 너머에서 시끌시끌한 소리가 들려왔다.

"누군가 있는 건가."

바람을 타고 전해져오는 소리를 따라 걸어갔다. 기척을 최대한 죽이며 꺾이는 길목까지 다다르자, 슬슬 소리가 선명하게 들려왔다.

카이트는 머리만 슥 내밀고 상황을 주시해 봤다. 검은 두건을 쓴 흑족 사내들이 플로어를 에워싼 채 바짝 경계하고 있었다. 어째선지 그들은 선뜻 공격하지 못하고 일정 거리를 유지하는 중이었다.

카이트의 뇌리로 '어째서?' 라는 의문이 감돌았다. 그는 조용히 숨을 죽이고 그들의 대화나 상황을 지켜봤다.

잔뜩 긴장한 흑족 사내들과 달리 플로어는 어째선지 여유로운 분위기였다. 그녀는 호신용으로 챙기고 다니던 검을 뽑지도 않았다.

심심한 듯 어깨에 메고 있던 가방을 매만져보는 게 다였다. 문제는 그 행동이 결정적이었다. 그녀가 가방을 만질 때마다 흑족 사내들이 뒤로 주춤거렸으니까.

플로어가 머리를 매만지며 말했다.

"그…… 제가 좀 바빠서 그런데요. 그냥 지나가면 안 될까요?"

말을 그렇게 하면서 진짜 앞으로 나아갔다. 엉거주춤한 자세로 걷다가 돌멩이에 걸려 넘어질 뻔도 했지만, 흑족 사내들은 덤비지 못했다.

그렇게 카이트가 숨어 있던 꺾이는 길목까지 걸어왔다. 그렇게 꺾이는 길을 지나려는 찰나, 플로어의 눈앞에 검의 궤적이 스쳐 갔다.

애초에 공격할 의사는 없었는지 카이트는 칼날로 플로어를 위협하기만 했다.

"당신의 정체에 대해 좀 알아야겠습니다."

"네? 무, 무슨?"

플로어는 양손을 번쩍 들고 항복의사를 표했다. 허리춤에 달아놨던 검을 바닥에 내려놓는 등, 할 수 있는 항복의 표현이란 표현은 다 하는 듯했다. 그러면서도 유일하게 가방만은 내려놓지 않았다.

애초에 카이트가 관심이 있었던 것은 가방 쪽이었다. 배낭에 가까운 두터운 크기의 가방이 미심쩍었다.

"가방을 건네주십시오."

"가, 가방이요? 이건 안 돼요. 이건 정말 안 돼요."

"무력을 행사할 수도 있습니다. 숙녀 분께 무기를 휘두르는 행위는 기사도에 어긋나지만, 여러모로 상황이 좋지 않습니다. 주군 내외분의 안위를 위해서라도 당신의 가방을 확인해 봐야겠습니다. 이리 주십시오."

카이트가 천천히 다가오자 플로어도 같이 뒤로 물러났다. 살살 뒷걸음질 치다보니 어느새 흑족이 있던 구역으로 돌아오게 됐다.

흑족은 여전히 플로어의 가방에 눈치를 살펴댔다. 그들의 행동거지 때문에라도 카이트는 기필코 가방에 대해 알아야겠다고 다짐했다.

"죄송합니다. 힘으로라도 해결 보겠습니다."

카이트는 온 최선을 다했다. 상대에게 상처를 주는 것보다, 상처를 주지 않고 제압하는 게 더 어려운 일이었다.

검의 궤적이 일으킨 소리가 바람과 뒤엉켰다. 빠르면서도 절도 있는 검술이 계속 이어졌다. 계속 이어져선 안 될 게 계속 이어지고 있는 꼴이었다.

플로어는 가까스로 카이트의 공격을 피해 내고 있었다.

카이트는 공격을 가하면 가할수록 의문에 잠겼다. 그는

일국의 왕태자가 왕국 제일의 검이라고 추켜세울 정도로 뛰어난 실력자였다.

"……."

카이트의 눈빛에 더없이 진지한 분위기가 어렸다. 일순간 살기가 담긴 칼날이 플로어의 앞머리를 살짝 훑고 지나갔다.

플로어의 이마로 식은땀이 송골송골 맺혔다. 카이트의 맹공은 여간 내기가 아니었다. 피하려고 몸을 휙 돌렸다 그만 어깨의 가방끈이 잘려나갔다.

툭—

가방이 바닥에 떨어졌다. 다시 가방을 주우려던 플로어는 카이트의 공격에 뒤로 물러나야만 했다.

"으아…… 죄송한데 그거 정말 중요한 거예요! 그냥 이 정도로 봐주시면 안 될까요? 가방도 주시고……."

그녀의 그런 태도가 카이트의 자존심에 흠집을 줬다. 자신의 공격을 피할 정도의 실력자가 아직까지 정체를 밝히지 않았다는 것에 화가 치밀었다.

다시 자세를 잡고 거리를 유지하려는 그때.

숨죽이고 있었던 흑족들이 떨어진 가방에 발맞춰 몰려왔다.

"아아. 이렇게 된다니까요. 하여간……."

플로어가 재차 가방을 주우려는 걸 카이트가 막아섰다. 그는 이참에 플로어의 정체가 드러나길 바랐다.

플로어도 카이트의 실력을 알았기에 당장은 가방을 쟁취할 수 없다고 판단했다. 둘이 실랑이를 벌이는 사이, 흑족들이 바로 앞까지 치고 들어왔다.

그들은 플로어와 카이트 모두를 적으로 간주하고 덤벼들었다.

카이트는 자신에게 달려드는 흑족에게 검의 끝을 겨누었다. 플로어도 어떻게든 적들의 공격을 피해내며 바닥에 떨어트려놨던 검을 주워들었다.

플로어는 카이트를 흘겨보며 중얼거렸다.

"하아…… 정말이지…… 이게 다 당신 때문이에요."

그리고 한순간, 흑족의 검과 그녀의 검이 교차했다. 흑족의 검에 스친 안경 끄트머리가 살짝 부서졌다. 그 틈새로 날카로운 눈매가 내비쳤다. 안경조각이 떨어지는 동시에 흑족이 철퍼덕 쓰러졌다.

그때였다.

플로어의 가방에서 붉은 광채가 뿜어져 나왔다. 붉디붉은 섬광의 향연이 가신 자리에 붉은 피부의 작은 도마뱀이 남아 있었다.

붉은 도마뱀이 작은 날개를 퍼덕이자, 흑족들은 움직임을 멈추고 주춤하다가 이내 줄행랑쳤다.

"하아…… 결국 이렇게 되나……."

플로어는 한숨을 푹 내쉬며 도마뱀에게 눈짓을 보냈다. 도마뱀은 날개를 펄럭거리며 플로어에게 날아왔다.

그 모습을 가만히 지켜보고 있었던 카이트는 도무지 영문을 모르겠다는 얼굴이었다. 그의 기억이 맞는다면 플로어가 데리고 있는 도마뱀은 드래곤이었다. 성룡이 되지 못한 해츨링이라는 게 맞았다.

플로어는 붉은 해츨링을 어깨 위에 올려놓고 카이트를 쳐다봤다.

"이제 만족하시나요."

"어…… 음…… 설마 가방에 들었던 게 해츨링이었을 줄은…… 헌데 용족은 로베룬의 사람하고만 어울린다고 들었는데 어째서……."

"그야…… 제가 로베룬 사람이니까 그렇죠. 물론 로베룬 사람이라고 무조건 용족이 어울려주는 것도 아니지만요. 로베룬의 용기사들도 대개 드래곤이 아닌 와이번을 타고 다니니까요."

플로어의 말은 그녀 자신이 웬만한 용기사보다 특별하다고 말하는 듯했다. 카이트는 잠자코 이야기를 경청하기로 했다.

플로어의 태도는 더없이 진지했다. 그러면서도 그녀 본연의 어정쩡한 말투는 그대로였다.

"흠흠, 저는 말이죠. 아니지, 이렇게 된 거, 정식으로 우리 소개를 하도록 하죠. 우선 이 아이의 이름은 페메. 보시다시피 해츨링이죠. 보통은 용족의 전통상 부모의 이름을 이어받기 마련이지만. 아직 이 아이의 어머니가 존재하고 있기 때문에 아룡의 이름을 유지하고 있어요."

"아룡 페메…… 설마 화룡 페메즈의……?"

"네. 로베룬 왕국의 4대 지주용 중 하나이신 페메즈님의 자식이죠. 페메즈님이 워낙 자유분방한 성격이시라…… 저희도 모르게 아이를 낳아 오셨더군요. 그래서 성룡이 되기까지 수련을 시킬 겸, 제가 데리고 다니는 중이에요."

알면 알수록 궁금증 덩어리였다. 카이트는 턱을 어루만지며 플로어를 바라봤다.

화룡의 해츨링을 수련시키기 위해 여행을 다니고 있는 여인이라니. 거기에 무예실력도 수준급. 대체 그녀의 정체는 뭐란 말인가.

그 의문은 플로어가 해결해 주었다.

"일단 로베룬 왕국을 대표하는 드래곤나이츠는 1기사단과 2기사단으로 나뉘죠. 1기사단의 대장은 드래곤나이츠의 단장 토노 반 경이시고요."

플로어는 헛기침을 하며 목소리를 가다듬었다.

"흠흠, 저의 본명은 플로아 뷔렌. 세상에 드러나지 않은 2기사단의 대장이랍니다. 즉, 드래곤나이츠의 부단장인 셈이죠."

이내 플로아는 고개를 갸웃하며 빙그레 웃었다. 그러면서 자신이 왕태자가 있는 곳을 안다면서 카이트를 설득했다. 페메가 길을 알고 있을 것이라며 강조했다.

대대로 용족은 태어날 때부터 특별한 힘을 품고 있었다. 그것이 개체수가 적었음에도 당당히 8개 종족에 포함될 수 있었던 이유이기도 했다.

페메는 플로아만이 알아들을 수 있는 용언으로 속삭였다.

"페메가 왕태자님의 위치를 포착했다고 하네요."

"정말입니까? 하아…… 천만다행입니다."

레이드의 위치를 알았다는 것 이전에, 레이드가 무사하다는 것에 안도감이 들었다. 이제 한시름 놓을 수 있었다.

아직 100% 신용은 아니었지만, 일단 플로아란 여성은 해츨링을 데리고 다닐 정도라면 로베룬의 용기사가 분명했다.

로베룬의 용기사가 약속과 신의를 중시한단 것은 온 세상이 다 아는 사실이었다. 플로아도 심성이 나쁜 것 같진 않았다.

다만 한 가지 요소가 살짝 불안했다.

앞서 걸으면서도 연신 넘어질 뻔한 게 한두 번이 아니었다. 카이트가 붙잡아주거나 일으켜 세워 준 것도 여러 번이었다.

이미 정체도 다 드러난 판국에 안경을 벗지도 않았다. 시력이 나빠서 안경이 없으면 제대로 보이지 않는다는 이유였다.

실제로 꽈당 하고 넘어졌을 때 안경이 벗겨졌는데, 안경을 찾으려고 막 허우적대기도 했다. 그런 플로아의 모습을 바라보며 카이트는 괜스레 머리를 긁적였다.

"그나저나 이제 기자 변장도 끝나셨으니 뭘 좀 물어봐도 되겠습니까?"

"네? 아, 네."

플로아는 안경에 묻은 흙을 닦아 내며 배시시 웃었다. 방금 넘어졌던 탓인지 옷에도 잔뜩 묻어 있었다.

카이트는 그녀가 옷에 묻은 흙을 다 털어 낼 때까지 기다려 주었다.

"당신이 로베룬 왕국 용기사단의 부단장이란 것이나, 화룡의 해츨링과 함께 수행길을 다니는 중이란 건 알겠습니다. 그런데 하필 왜 이곳입니까? 신분을 속이고 우리에게 접근해야 할 정도의 의미가 있습니까?"

"아아, 그건요. 아까도 말씀드렸듯이 2기사단은 주로 첩보활동 등의 정보수집이 주 임무예요. 대부분 왕국 외에서 활동이 잦죠. 이래봬도 제가 페메를 수련시키는 임무 외에도 할 게 많아요. 이곳에 온 이유도 일종의 임무 때문이죠."

"임무라면?"

플로아는 턱을 어루만지며 말할지 말지 고민했다. 그러다가 또 넘어질 뻔한 걸, 카이트가 겨우 잡아줬다.

툭하면 균형을 잃는 왈가닥 모습에 눈썹을 찌푸리는 건 비단 카이트만이 아니었다. 플로아의 어깨에 앉아 있었던 페메도 한숨을 푹푹 내쉬었다.

겨우 자세를 다잡은 플로아는 도와줘서 고맙다는 표시라며 이야기보따리를 살짝 풀었다.

"검은 도마뱀 때문이에요. 조크톤 마을에서 듣자 하니 당신들도 검은 도마뱀 때문에 이곳에 오신 것 같던데, 맞나요?"

"예. 왕태자님께서 검은 도마뱀에 흥미가 있으셨습니다."

"흐음, 그러시구나. 저는 검은 도마뱀이 흑룡이 아닐까 하는 정보에 이끌려 왔어요. 용족 레베룬도 결국 외형은 도마뱀이니까요."

"그럼 잘못 짚으신 겁니다. 저희의 정보대로라면 검은 도마뱀은 성수입니다. 알테마리아 공화국의 5대 성수나, 저희 루티아르의 은랑 등과 같은 성수 말입니다. 그들은 그 존재 자체가 용족과는 별개로 알고 있습니다."

플로아가 한쪽 눈썹을 올렸다. 그녀는 안경을 척, 올리며 빙긋 웃었다.

"전혀 그렇지 않아요. 성수라든가 용족이라든가, 그런 구분은 결국 우리 인간들이 정한 기준이니까요. 원래 우리는 인간이 아니라 아니만이라 불려야 정상인 것처럼."

"으음. 생각해 보니 그렇군요."

"네. 분명 용족과 성수가 서로 다른 이질적 존재들이긴 해도, 어쩌면 용족도 성수의 일종이라고 할 수 있어요. 그래서 저는 검은 도마뱀이 흑룡인지 아닌지 여부를 파악하기 위해 찾아온 거예요. 마침 당신들이 대대적으로 움직이고 있기에 어부지리를 할 셈이었던 거고요."

그렇게 말하면서 검지로 앞쪽을 가리켰다. 슬슬 협곡길의 끝이 보여 갔다. 석양을 등지고 저 멀리에 검은 그림자 같은 형상이 보였다.

성처럼 보이는 거대한 건축물이 둘의 눈에 어렸다. 얀즈루 협곡 같은 지역에 성이 있다는 경우의 수는 듣도 보도 못했다.

두 사람은 걷는 내내 성의 형상을 바라봤다. 굳건해 보였던 성의 일부분이 갑작스레 폭삭 무너져 내렸다. 한쪽이 일그러진 검은 형상의 옆으로 새로운 형상이 일어나는 것이 보였다. 그 형상이 내지른 주먹에 성곽이 날아가기도 했다.

이윽고 중심 첨탑이 산산조각 나서 흩뿌려졌다.

* * *

로이하는 깊은 나락에 비친 희망의 빛이었다.

로이하라는 이름의 고성이 존재하게 된 것은 순전히 우연이었다.

흑족이 신들을 원망했을 때, 그들이 신들의 미움을 사 도망쳤을 때, 고성의 흔적이 그들을 반겨주었다.

로이하를 누가 만들었을까. 그것은 풀리지 않는 수수께끼였다. 성의 보살핌 아래 수천 년의 명맥을 이어온 흑족도 알지 못했다.

처음에는 알려고 노력도 해봤지만, 세월의 흐름 속에서 그들은 천천히 동화되어 갔다. 얀즈루의 협곡 구석 언저리에 자리 잡은 로이하는 영원토록 그리 남아야만 했다.

세상조차 잊어버린 로이하의 기억을 다시 더듬게 된 건 우연히도 대륙 남부의 이방인이었다. 폭발의 여파로 이끌려온 두 이방인은 심지가 굳고 강인했다. 특히 여성 쪽이 강렬한 인상을 품고 있었다.

이래저래 흑족은 일전에 있었던 싸움 때문에라도 일을 크게 만들고 싶진 않았다. 흑족의 수장 카미에반은 정중히 루티아르의 왕태자 내외를 맞아들였다.

"로이하의 무한한 영광이 존귀하신 손님들과 함께 하기를 바랍니다."

"예. 당신께도 황금의 축복이 함께 하기를 바랍니다.

레이드도 정중히 고개를 숙이며 예를 표했다. 누가 뭐라 해도 일전의 싸움은 자신들의 잘못이었다. 먼저 검을 빼 든

건 커틀라스 백작 쪽이었고, 애초에 흑족의 땅을 무단침범하려고 한 것부터가 문제였다.

갈라져 있는 대지를 걷는 왕태자 내외의 발걸음은 가벼우면서도 무거웠다. 멀찌감치 거리를 두고 흑족들이 왕태자 일행을 구경하고 있었다.

때로 레이드와 메를리니가 가볍게 미소를 지을 때면, 흑족 젊은이들의 가슴을 벌렁케 했다. 흑족은 대대로 얀즈루의 협곡을 벗어나지 않았다.

그래서일까. 흑발에 검은 피부를 가진 그들에게 있어, 대조적인 모습의 두 사람은 시선을 끌기에 충분했다.

"메를리니, 저기 보이시오?"

"네. 엄청나네요."

주변 지형은 이곳저곳이 마치 비명을 지르듯 듬성듬성 굴곡이 져 있었다. 골짜기 사이로 왕의 성이 보였다. 가느다란 햇빛이 비치는 신비로운 성이었다.

흑족의 위대한 왕 에도라스가 처음 자리 잡았던 로이하성. 수 세기에 걸쳐 대대로 흑족의 수장이 다스려온 성스러운 장소.

둘은 카미에반과 함께 로이하의 입구에 다다랐다.

이윽고 철문이 소름 끼치는 소리를 내며 열리기 시작했

다. 카미에반은 손님을 정중히 모시며 개방된 문을 통해 로이하로 들어섰다.

성 내부는 다른 성들의 것과 별반 다를 게 없어 보였다. 그냥 평범하기 그지없었다. 단 하나의 특이한 점을 빼놓고는.

로이하의 건물들은 난간이고, 벽이고 할 것 없이, 뭔가를 걸칠 수 있는 곳이라면 반드시 검은 천이 널어져 있었다.

신들에 대한 원망에서 태어나 원망으로 삶을 마감하는 흑족은 오랜 옛날부터 흑색과 피를 신봉하듯 기렸다. 어둠을 상징하는 검은 천에는 붉은 색으로 그린 흑족의 문양이 그려져 있었다.

메를리니는 잠시 멈춰 서서 검은 바탕에 새겨져 있는 피의 사과를 바라봤다. 그녀가 멀뚱히 문양을 쳐다보는 사이, 카미에반이 다가왔다.

"왕태자비님, 피의 사과에 관심이 가십니까?"

"피의 사과에 대해선 익히 들어서 알고 있어요."

"그렇다면 붉은 과수원에 대해서도 알고 계시겠군요."

"붉은 과수원? 그건 처음 듣는군요."

메를리니는 고개를 갸우뚱거렸다.

"괜찮으시다면 알려주시겠어요?"

"예. 알려드리지요."

카미에반은 너털웃음을 지으며 이야기보따리를 풀어놓았다.

붉은 과수원은 흑족의 역사에서 굉장히 의미가 깊었다. 흑족의 지도자들 중 가장 위대했다던 에도라스는 붉은색을 광적으로 좋아라했다. 에도라스를 나타내는 붉은 가치는 총 세 가지였는데, 그중 하나가 새빨간 껍질을 두른 사과였다.

에도라스는 농도에 따라 제각각인 사과의 붉은색에 빠져들었다고 한다. 어떤 사과는 영롱하게 빛났고, 또 어떤 사과는 칙칙한 색을 띠기도 했다.

메를리니는 검은 천을 부드럽게 쓸어 보았다.

"흠…… 슬슬 배가 고프군요."

"예. 당분간 묵으실 방으로 안내해드린 후, 연회장 준비를 마쳐 놓겠습니다."

"알겠어요."

메를리니는 레이드와 팔짱을 끼고 카미에반을 뒤따라갔다.

온통 검은색으로 도배된 벽과 장식이 메를리니의 눈을 적셨다. 간혹 붉은색의 틀이나 장식도 보인다. 그 라인을 쭉 따라가 보니, 복도에 걸린 에도라스의 초상화가 눈에 띄었다.

호리호리한 외모에 날카로운 얼굴을 한 모습이었다. 오른손에는 그의 애검이 들려 있었고, 왼손에는 붉디붉은 사과가 꼭 쥐어져 있었다.

다른 복도에 걸려 있던 에도라스의 초상화에도 사과는 어떤 식으로든 존재했다.

이윽고 두 사람은 각자가 며칠간 묵을 방으로 인도되었다. 메를리니는 자신의 방에 들어서서 묘한 표정을 지어 보였다.

방 안은 화려함과 거리가 멀었다. 검은색으로 도배된 벽지에 빨간 선이 어렴풋하게 수놓아져 있었다. 테이블은 타다만 장작으로 만들기라도 한 듯 새까맸고, 검은 침대는 차분히 내려앉은 이색적 분위기를 풍겼다.

손님을 위한 수면 옷까지 검정 염색약으로 물들인 탓에 메를리니는 노이로제에 걸릴 지경이었다. 유일하게 검은색과 붉은색이 아닌 것은 창가뿐이었다.

메를리니는 도피처라도 찾은 듯 창문을 열었다. 선선한 바람이 들어오니, 피부로 바람의 잔잔함을 느껴보았다.

"후우. 상쾌한걸."

메를리니는 품에서 두꺼운 수첩과 연필을 꺼냈다.

바람결을 타듯 그녀의 하얀 손길이 천천히 움직였다. 연필의 검은 면이 조금씩 닳아져가는 대신 수첩의 하얀 면이 빽빽하게 채워져 갔다. 한참을 써 내려가던 메를리니의 손이 멈췄다. 그녀는 글씨로 가득한 수첩을 읽어 내렸다.

"나는 위대한 왕의 숨결이 닿은 땅 위에 서 있다. 여덟 가지의 근원 중 하나가 숨 쉬고 있는 땅 말이다. 이곳에는 신이 읊는 포근한 말을 곧이곧대로 믿는 자들이 단 한 명도 없다. 검은 망토로 온몸을 휘감고 다니는 그들에게서 속편한 신앙심은 보이지 않는다."

이내 수첩을 고이 접었다.

창문 밖으로 나락의 골짜기가 보였다. 어둠 속에 갇힌 하늘이 푸른 눈동자에 맺혔다. 불미스러운 시련을 겪고 행운이 찾아온 격이다. 흑족 마법사의 말로는 그들이 검은 도마뱀을 수호하고 있다고 했다. 살며시 메를리니의 입가에 미소가 들렸다.

*　*　*

이튿날, 메를리니와 레이드는 카미에반과 함께 점심 식

사를 즐겼다. 얀즈루 협곡에서만 나는 건초들로 만든 식단이었다.

올리브로 잘 볶아낸 건초에 소금을 적당히 쳐서 간이 잘 맞았다. 가만 생각해 보면 흑족의 사람들은 키가 크거나 덩치가 있긴 했지만, 상대적으로 마른 체형들이었다. 단지 누더기 같은 로브로 온몸을 덮고 다녀서 잘 티가 나지 않았을 뿐.

카미에반의 말로는 1년에 4번. 축제가 있는 날에만 특별히 타지에서 고기를 가져와 나눠 먹는다고 했다. 오늘은 귀한 손님이 와서 마련도 할까 했지만, 얼마 전부터 알테마리아 공화국과의 분쟁으로 식량의 조달이 어려워졌다며 양해를 구했다.

메를리니와 레이드는 딱히 불만이 없었다. 건초로 만든 다양한 종류의 색다른 음식들은 제법 먹을 만했다. 적어도 흑족이 먹던 음식들 중에선 최고로 귀한 재료로 만들었음이 분명했다.

레이드는 건초말이를 소스에 찍어먹은 뒤, 창가를 바라봤다. 별안간에 메를리니가 떠올라서 옆에 있던 메를리니를 흘긋거렸다.

그녀와 함께 지낸 시간도 있고 하니, 슬슬 그녀를 닮은

딸아이를 갖고 싶단 마음도 들었다. 자신과 그녀를 닮은 아기의 모습을 상상하니 괜스레 흐뭇해졌다.

그러다 문득, 카이트의 모습이 뇌리를 스쳐 갔다.

"카미에반 공, 혹시 카이트 쉬베르함이라는 기사의 소식은 아직 없었습니까?"

"예. 정보꾼들을 시켜서 수소문하고 있지만 아직까지는 흔적이 발견되지 않았습니다. 반드시 찾아드리도록 하겠습니다. 그것이 저희 흑족이 루티아르의 귀빈께 해드릴 수 있는 최선이겠지요."

카미에반은 침착했다. 그는 자신이 아는 것에 모두 거짓 없이 털어놓은 셈이었다. 그의 표정은 정말 솔직해서 레이드도 그의 말이 진실임을 알 수 있었다.

그래서일까. 카이트에 대한 걱정 외에도 뭔가 알 수 없는 불안감이 밀려왔다. 레이드는 포크를 내려놓고 짐짓 턱을 괴었다. 건초접시로 향했던 눈동자가 스르르 올라와 카미에반과 마주했다.

"검은 도마뱀을 보고 싶은데…… 괜찮습니까?"

"예. 검은 도마뱀 에카스님은 로이하 성내 지하에 계십니다. 식사를 마치시면 바로 찾아뵙는 걸로 하지요."

세 사람은 음식을 마저 음미하고 자리에서 일어났다.

"가시지요."

"예."

그들이 있던 곳은 로이하 성내에서도 가장 높고 전망이 좋은 첨탑꼭대기였다. 계단을 따라 1층까지 내려가는 데만 꽤나 시간이 걸렸다.

빙빙 도는 구조로 된 계단을 쭉 내려왔다.

메를리니가 말했다.

"저는 여기에 남아서 인원들을 보살피고 있을게요."

"당신도 보고 싶어 하지 않았소?"

"괜찮아요. 여기에 있는 동안 기회는 얼마든지 있으니까요. 조심히 다녀오세요."

"알겠소."

레이드는 메를리니의 배웅을 받으며 지하로 내려갔다.

지하계단도 빙빙 돌기 시작했지만 첨탑계단보단 거리가 짧았다. 지하 3층 정도에 다다르자 외딴 공터가 눈에 들어왔다.

성 지하에 공터라는 게 존재한다는 게 신기했다. 마치 누군가가 자유롭게 활보할 수 있도록 마련한 듯이.

"……."

레이드는 입을 꾹 다문 채 공터를 노닐고 있는 거대한 무언가를 쳐다봤다.

희미한 불빛 몇 개뿐인 캄캄한 공터에 거대한 그림자가 걸어 다니고 있었다. 이윽고 카미에반이 지참해 온 횃불에 불을 붙이자 그림자의 정체가 드러났다.

마치 이구아나처럼 생긴 도마뱀이었다. 새까만 피부에 모든 걸 짓이겨버릴 듯 날카로운 발톱, 그리고 결정적으로 집채만 한 덩치가 인상적이었다. 소문으로 들었던 것 이상으로 굉장한 위압감을 풍겨대는 괴물 그 자체였다.

레이드는 본능적으로 칼집에 손을 가져갔다. 뽑지는 않았지만 언제든 뽑을 수 있도록 준비는 마쳤다.

웅장한 목소리가 지하에 울려 퍼졌다.

"너는 누구냐."

검은 도마뱀 에카스가 한 걸음을 내디딜 때마다 공터의 바닥이 쿵— 하고 울렸다.

레이드는 진동에 떨려오는 몸을 주체하며 에카스와 마주했다. 검은 피부로 뒤덮인 금빛 눈동자가 두 사람을 직시했다.

둘은 본능적으로 무릎을 꿇고 고개를 조아렸다.

"신으로부터 축복의 선택을 받으신 성수께 인사드립니다. 저는 레이드 폰 루티아. 루티아르 왕국의 왕태자입니다."

"루티아르의 왕태자인가. 혹여 네 짝이 붉은 머리의 여인이더냐."

"아? 예. 그렇습니다. 메를리니 폰 루티아. 그것이 그녀의 이름입니다."

한순간, 기분 탓이었을까. 레이드는 에카스의 입가에 미소가 어리는 걸 인지했다. 금세 표정이 사라져서 긴가민가했지만, 잘못 본 건 아닌 듯싶었다.

검은 도마뱀이라는 별칭을 가진 성수, 에카스. 그가 대단한 존재인지 짐작은 갔지만, 레이드로서는 시간이 그리 많지 않았다.

되도록 빨리 일을 마무리하고 카이트를 찾으러 가고 싶었다. 이러쿵저러쿵 생각을 정리하고 본론을 꺼내려는 순간.

카미에반의 보좌관이 황급히 달려왔다. 그는 연신 숨을 헐떡대며 횡설수설했다.

"카미에반님! 큰일이 났습니다! 알테마리아 공화국의 장갑기들이 쳐들어왔습니다!"

쿠궁—!

로이하 성이 뒤흔들렸다.

카미에반은 레이드와 에카스에게 양해를 구하고 보좌관과 함께 밖으로 나갔다. 이내 에카스가 눈짓하자 레이드도 카미에반의 뒤를 따라 나갔다.

계단을 오르는 동안에도 건물에 가해지던 충격이 계속됐다. 천장의 잔재가 레이드의 어깨에 투두둑 떨어졌다.

세 사람이 서둘러 지하입구를 막 나왔을 때 직면한 것은 난전으로 치닫고 있던 로이하의 본마당이었다.

흑족의 마법사들이 흑마법으로 어떻게든 저지하고 있었지만 좀처럼 상황은 호전되지 않았다. 어째선지 그들의 마법이 공화국의 장갑기들에게 피해를 주지 못했다. 마치 어떤 보호막에 막히기라도 하듯.

공화국의 병력은 기껏 해야 장갑기 4대. 수적으로는 흑족의 수장이 머물고 있는 로이하의 병력이 밀릴 리 없었다. 단지 장갑기의 질이 문제였다.

4대 중 3대는 검붉은 개미라 불리는 알테마리아 공화국의 자미달—2였다.

기존 양산형으로 생산돼 전 세계에 수출됐던 자미달에서 한층 더 강화한 형태. 그 전투력은 C+급에 해당하며 사실상 루티아르 왕국의 주력 장갑기 B급 프로탄트에 준하는 전투력을 자랑했다.

그러나 진정 두려운 대상은 나머지 1대였다.

카미에반은 입술을 짓씹었다.

"준마갑형 마나기어 듀란크라니……."

과학기술이 가장 발달했지만 고대의 장갑기를 보유하지 못했던 알테마리아 공화국. 모든 2세대 장갑기들의 시초는 공화국이 아닌, 다이헤르 제국의 마갑형 가리스였다.

칠흑의 갑주를 두른 가리스를 기초로 제국의 A급 콜란트가 탄생했고, 그 정보를 구매한 공화국이 차세대 장갑기 생산의 선두주자로 발돋움했던 것이다.

문제는 현재까지 발견된 전설형 마갑 장갑기는 다이헤르 제국, 르보리아 왕국, 루티아르 왕국, 펜홀 왕국의 것들이 전부. 공화국의 국토에서는 아무리 찾아봐도 S급에 해당하는 마갑형은 발굴되지 않았다.

이에 과학기술로 유명한 공화국은 유능한 과학자들을 모두 섭렵해 스스로 S급 준마갑 장갑기 두 대를 탄생시켰다.

그중 하나가 지금 로이하에 침공해 온 원거리형 S급 장갑기 듀란크였다.

"대체 이 지경이 되도록 방어선에선 뭘 한 건가?"

"그, 그게…… 아시지 않습니까. 방어선의 방어구조는 협곡에 흩어져서 각각 함정을 관리하는 구조입니다. 그래서 협곡의 지형을 넘나들 수 있는 장갑기의 습격에 대응하는 것은 쉽지 않습니다."

"그건 저놈들도 마찬가지가 아닌가?"

"예. 그나마 자미달들은 어찌어찌 막아냈지만…… 듀란크는 저희의 상식을 초월한 움직임을 보였습니다. 이동하는 내내 자신을 노리는 마탑들을 저격해버렸습니다……."

"하아…… 그랬단 말이지. 그런데 듀란크라고는 해도 우리의 흑마법이 안 먹히고 있는 것 같다만?"

보좌관은 상황을 정리해 놓은 문서를 펼쳐 보였다. 로이하의 앞마당에서 행패를 부리고 있는 장갑기들에 대해 적어놓은 것이다.

흑마법을 막아내는 원리에 대해 나름대로 분석한 결과가 그림과 함께 차려져 있었다. 보고서를 처음부터 쭉 읽어 내리던 카미에반의 눈동자가 가늘게 떨렸다.

"마법을 막는 장치를 매달았다고? 정말인가?"

"예. 자미달 3기와 듀란크의 등에 마법증폭장치가 장착돼 있습니다. 거기에서 운용되는 마력으로 정면 쪽에 마법의 방어막을 펼치는 것 같습니다."

"공화국의 과학력은 날이 갈수록 진보하는군. 성국 루드란이나 여타 다른 국가들의 마법에 대항하기 위함이겠지.

만약 양산이라도 된다면…… 상상만으로도 끔찍하군.”

“그 점에 있어선 염려 놓으셔도 됩니다. 우리 쪽 마법담당관들의 파악으로는 고농축 마력덩어리라서 양산은 힘들 것 같다고 했습니다. 아마 이곳까지 쳐들어온 장갑기가 4대뿐인 것도 그래서이겠죠. 아마 지원군은 더 없을 겁니다.”

“잘했네. 보좌관, 자네는 첫째로 왕태자 내외분의 안위를 중시해드리고, 둘째로 에카스님께 현 상황에 대한 사실을 알리도록 하게.”

“예? 그럼 카미에반님께서는?”

카미에반은 보좌관의 어깨에 손을 올렸다. 그가 다른 쪽 손을 몇 번 휘젓자 손에 검은색의 검이 생성됐다. 흑족의 마법사 중에서도 고위층만 사용할 수 있다는 마력의 검이었다.

“나는 오랜만에 날뛰어봐야겠다.”

재빠른 몸놀림이었다. 카미에반은 무너진 잔재들을 디딤돌 삼아 전장으로 달려갔다. 이윽고 그가 막 합세한 전투지는 난전으로 접어들었다.

양측의 싸움은 알테마리아 공화국 측이 우세였다. 자미달 3기도 강력했지만 무엇보다 듀란크가 문제였다.

듀란크를 노리려고 해도 워낙 탑승자의 운용력이 뛰어나서 쉽지 않았다. 흑족은 궁병들도 동원해 대응해 나섰지만 속수무책이었다. 어설픈 화살이나 마법으로는 장갑기의 갑주나 보호막을 뚫지 못했다.

준비 없이 싸우게 됐던 대부분의 흑족 병력은 도망치기 일쑤였다.

[하하하! 있는 힘껏 덤벼봐라! 조무래기들아!]

자미달 3기는 잔뜩 신이 나서 흑족 병사들을 쓰러트려 나갔다. 그들의 사정없는 공격에 끄트머리 구석 첨탑이 아랫부분부터 무너져 내렸다.

이렇게만 간다면 로이하 점령도 시간문제였다. 그렇게 자신했다. 그러나 얼마 가지 않아 변수가 일었다. 선진에서 나아가던 자미달 1기가 멈춰 섰다. 덩달아 다른 자미달과 듀란크도 움찔했다.

선진 자미달에서 탑승자의 목소리가 울렸다.

[드디어 최종보스가 나오셨구만. 크크큭! 대장! 이건 내 거요!]

듀란크가 제지하기도 전에 선두의 자미달이 돌진했다. 자미달이 달려들자 검은 도마뱀 에카스도 정면에서 맞이해 주었다.

쿠궁—!

둔탁한 소리를 내며 에카스의 머리와 자미달의 보호막이 맞부딪쳤다.

쩌저적—

보호막에 균열이 생겼다. 에카스의 이마에서 발산되던 검은 기운에 접촉된 보호막은 차츰 부식되기 시작했다. 이대로는 안 되겠다고 여긴 자미달이 보호막을 해제하고 양손으로 에카스를 저지했다.

그러나 힘에 있어서 자미달보다 에카스가 한 수 위였다. 자미달은 에카스를 붙잡은 그대로 뒤로 밀려났다. 뒤이어 다른 자미달과 듀란크가 원조하려 했으나, 흑족의 저항이 만만치 않았다.

카미에반이 합세했다는 것만으로도 전세가 비등해졌다. 흑족은 카미에반의 지휘 하에 보다 치밀해진 방어선을 구축하여 3대의 장갑기에게 역습을 가했다.

하나 단지 그것뿐이었다면 듀란크의 힘으로 어찌해 볼 수 있었다. 얼마 지나지 않아 장갑기들은 또 다른 변수에 직면하게 됐다.

저 멀리서 식별불능의 붉은 섬광이 빠른 속도로 치고 들어왔다. 붉은빛을 내뿜는 뭔가가 순식간에 자미달 1기를 박고 지나갔다.

[뭐, 뭐야?]

[자니스, 베링턴. 너희는 흑족들을 맡아라.]

[대장님은요?]

[드래곤을 맡는다.]

듀란크의 포신이 공중을 활보하고 있는 붉은 덩어리에 겨냥됐다. 일반적인 드래곤보다는 체구가 작았지만 분명 그것은 레드드래곤에 준하는 모습이었다.

드래곤에는 두 사람이 타고 있었다. 듀란크의 탑승자 밴디트의 기억이 맞는다면, 앞머리에 타고 있던 여인은 안면이 있는 인물이었다.

지난날, 공화국의 반란지에서 용병으로 고용됐던 용기사단의 부단장 플로아였다.

듀란크의 마력탄이 불을 뿜기 위해 준비를 마친 그때.

뒤쪽에 있던 자미달 1기가 땅바닥에 엉덩방아를 찧었다. 정면을 뒤덮었던 연기가 가시면서 메틀리니가 모습을 드러냈다.

[제길! 뭐냐고……?]

자미달은 거칠게 일어나 주먹을 내질렀다. 그러나 주먹은 메를리니의 바로 앞에서 뭔가에 부딪치듯 튕겨 나갔다.

어안이 벙벙해진 자미달이 주저하며 머뭇거리는 사이, 어느새 메를리니가 그 바로 옆까지 다가왔다.

"루베아의 발전."

메를리니의 왼손이 훑고 간 자미달의 오른쪽다리가 팽창했다. 철판이 부풀어 오르더니 나사와 이음새 부분이 펑! 하고 뜯어져나갔다. 강철로 만든 뼈대만이 남은 다리는 균형을 유지 못 하고 그대로 부러졌다.

제2장

두 사람

『아주 먼 옛날, 그 시절은 그야말로 마왕이 세상을 지배한 악몽의 나날이었다. 그때 마왕에게 대항해 궐기한 용사가 있었다. 그에게는 단짝이 있었는데, 그 단짝은 용사의 죽마고우이자 사랑하는 여인이었다. 갖은 여정을 끝내고 마침내 마왕의 그림자를 밟으려는 순간. 놀랍게도 여인이 마왕의 딸임이 밝혀졌다.

-일그러진 용사의 검 中 저자 카도스-』

자미달이 쓰러진 걸 보고 놀랐지만 듀란크는 선불리 한눈을 팔지 않았다. 레드드래곤의 존재감을 무시할 순 없었다.

쿠구구궁—!

한순간. 대포세례가 하늘을 메웠다.

플로아는 페메의 움직임을 미세하게 조절해 주변의 폭음을 헤쳐 나갔다. 포탄을 요리조리 피해가며 적의 빈틈을 노렸다.

문제는 상대가 일전에 만난 적 있었던 공화국 최강의 장갑기 듀란크라는 것. 차례대로 공격을 피해내도 도무지 접근할 틈새가 보이지 않았다.

"으음. 역시 듀란크는 쉽지 않은 걸요. 페메가 이 상태를 유지할 시간도 이제 2분 남짓이에요. 일단 안전한 곳에 착지해서 합세하도록 하죠."

"알겠습니다. 저도 내려가서 왕태자님과 왕태자비님을 찾아야겠습니다."

"네! 갑니다!"

플로아가 신호하자 페메는 폭발의 잔재를 순서대로 뚫고 안전한 지역으로 날아갔다. 페메의 모습이 일정 거리에서 벗어나자 듀란크도 공격을 멈췄다.

로베룬의 적을 상대하는 것도 중요하지만, 당장 더 시급한 것은 부하들을 돕는 일이었다. 듀란크의 합세로 전황은 다시 급변했다. 듀란크의 대포가 첫 번째로 겨눈 것은 에카스였다.

흑족의 마법사들이 임기응변으로 막아주긴 했지만, 언제까지고 듀란크의 화력을 막아 낼 수는 없었다.

에카스는 자미달을 거칠게 몰아붙여서 바닥에 쓰러트렸다. 땅바닥에 나자빠진 자미달의 조종사는 정신이 아찔했다. 그 틈을 타 에카스가 매서운 속도로 듀란크에게 달려들었다.

듀란크도 맞대응에 나섰다. 듀란크의 양손에 걸쳐 있던 포신이 흡사 톤파처럼 쥐어졌다. 격렬한 소리를 자아내며 두 거구가 교착상태에 빠졌다. 듀란크의 톤파와 에카스의 앞발은 한 치의 물림 없이 공방을 나눴다.

그때 듀란크의 등 뒤를 거대한 불덩어리가 휘감았다. 다시 해츨링 모드로 돌아온 페메의 화염이었다.

[젠장…… 드래곤…….]

듀란크는 마력 공급장치를 급히 떼어냄으로써 피해를 최소화할 수 있었다.

[로베룬에 악감정은 없지만 어쩔 수 없지.]

듀란크의 포신이 페메를 향하려는 순간, 뒤통수에 에카스의 머리가 꽂혔다. 뒤에서부터 가해진 충격에 듀란크가 철퍼덕 엎어졌다.

그 틈을 타 플로아가 듀란크에게 달려들었지만 듀란크의 대응이 빨랐다. 바로 일어나선 톤파를 휘둘렀다. 풍압을 짓눌러 버릴 공격이 바로 앞에서 스쳐 갔다. 가까스로 피해낸 플로아는 다시 자세를 가다듬었다.

한편 카미에반을 돕기 위해 달리고 있었던 카이트를 레

이드가 불러 세웠다. 폭연 속에서 모습을 드러낸 레이드는 자미달을 가리키며 몇 가지 지시사항을 하달했다.

에카스에게 고꾸라졌던 자미달이 일어나려는 찰나, 자미달에게 카이트의 섬광 같은 움직임이 덮쳤다.

정면의 마법방어막은 오로지 마법공격에만 통용되는 것. 검을 든 카이트의 공격은 여과 없이 자미달의 다리에 충격을 가했다.

강철과 강철이 부딪치는 쇳소리를 등지고 레이드는 자미달을 지나 옆쪽 위병소 건물로 진입했다. 건물 내부는 주변의 소란으로 엉망진창이었다.

레이드는 곧 장애물들을 지나쳐 계단을 따라 쭉 올라갔다. 3층 높이까지 다다르니 창가 밖으로 자미달의 뒷모습이 보였다.

카이트의 공격 자체가 큰 효과는 발휘하지 못했지만 자미달의 시선을 빼앗기에는 충분했다. 지속적인 그의 공격은 자미달의 다리에 분명한 흔적을 남기고 있었다.

[제길! 적당히 하라고!]

자미달의 주먹이 거친 굉음을 흩날리며 바닥에 꽂혔다. 카이트의 뒤쪽 지반이 폭삭 무너져 내렸다.

먼지가 가시고 보인 자리에는 카이트는커녕 그 어떤 존

재도 보이지 않았다. 자미달에 타있던 조종사는 그 꼴을 보며 통쾌하게 웃어 댔다.

[하하하! 한 방 주제에! 하하하…… 어어?]

얼떨떨해하던 자미달은 그대로 바닥에 한쪽 무릎을 꿇었다. 자욱한 먼지를 딛고 다시 일어나려 했으나 좀처럼 쉽지 않았다.

자미달의 다리와 팔 부위에 견고한 쇠사슬이 질근질근 감겨져 버린 것이다. 무너진 잔해 사이사이에서 흑족 병사들이 쇠사슬의 끝과 끝을 붙잡고 있었다.

[이 버러지 같은 놈들이!]

자미달이 일어나려고 안간힘을 써댔지만, 흑족 병사들의 악바리를 당해내진 못했다.

그때 결정적인 틈만 노리고 있었던 레이드가 3층 창가에서 뛰어들었다. 그의 검이 일직선을 그리며 자미달의 마력 공급장치를 베어 버렸다. 검기를 감은 칼날은 그대로 자미달의 등허리를 날려 버렸다.

찌지직—!

공급선이 잘려나가면서 자미달의 몸체에 전기쇼크가 일어났다.

일시적인 고통에 자미달이 주춤하는 사이, 흑족 마법사

들이 펼친 흑마법의 세례가 자미달에게 쏟아졌다. 검은 마력의 창들이 이쑤시개처럼 전신에 꽂혔다.

[끄아악!]

탑승자의 죽음을 끝으로 자미달의 기동도 정지됐다.

그쯤 다른 1기도 위기의 순간에 직면하고 있었다. 이미 카미에반의 용병술에 의거한 흑족 병사들이 자미달의 마력 공급장치를 제거한 상태였다.

자미달은 엉거주춤한 자세로 겨우 버텨 섰다. 카미에반이 빠르게 다가와 자미달의 다리를 공격한 탓이었다. 그 충격으로 자미달의 중심이 뒤틀려버린 것이다.

결국 버티지 못한 자미달이 균형을 잃고 바닥에 주저앉아 버렸다. 주변이 온통 먼지로 뒤덮인 가운데 카미에반이 비장한 목소리로 외쳤다.

"내 양손에 흑마법의 정수를 담아라!"

그의 명령이 내려지자, 흑족 마법사들이 카미에반에게 검은 기운을 전도했다. 카미에반의 양손에 깃든 검은 마력이 용솟음쳤다.

"더러운 이방인이여, 흑족의 땅을 침범한 죄의 무거움을 깨닫게 해 주마."

카미에반의 양손 모두에서 가늠하기 힘든 강렬한 기운이

요동치기 시작했다.

휘몰아치듯 아우성대는 속성기운은 마치 살아 있는 것 같았다. 흑족만이 가능한 전투방식이었다.

카미에반은 주변 지반의 모난 부분들을 디딤돌 삼아 빠른 속도로 달려들었다. 그쯤 자미달도 가까스로 일어나 균형을 다잡았다.

[알테마리아 공화국의 과학력을 우습게 보지마라!]

자미달의 오른쪽 주먹이 바람을 갈랐다. 동시에 카미에반도 왼쪽 주먹을 내뻗었다. 그리고 실로 놀라운 광경이 펼쳐졌다.

콰직!

강렬한 소리를 자아내며 자미달의 주먹과 카미에반의 주먹이 맞부딪쳤다. 자미달의 강철주먹을 상대로 인간의 주먹으로 막아 낸 것이었다. 그것도 한 치의 밀림 없이.

[우, 운 좋게 막았군. 하나 자미달의 주먹과 겨루고도 네놈 주먹이 성할 것 같으냐?]

그러나 진정 성하지 않은 것은 자미달 쪽이었다.

쩌저적—

자미달은 왼 주먹에서부터 시작된 균열을 맞이했다. 메마른 땅이 갈라지듯 강철의 팔이 어깨까지 송두리째 산산

조각 나버렸다. 이제는 비어 버린 왼팔을 조작해 보며 자미달은 뒷걸음질을 쳐 댔다.

"마무리를 지어주지."

설사 전의를 상실하였다 해도, 적으로 만난 이상 자비는 없었다. 더욱이 그 상대가 고결한 흑족의 땅을 침범한 적이라면.

카미에반은 순식간에 자미달의 품으로 파고들었다. 일순간 그의 오른손이 울부짖었다. 검은 기운과 어우러져 괴기스러운 소리가 공기를 울렸다.

한 차례 폭풍이 지나간 듯 비명 소리와 폭음이 하늘을 메아리쳤다. 자미달은 복부가 통째로 거덜 난 채 땅에 주저앉았다. 조종사도 그 파괴력을 견디지 못하고 숨을 거둔 상태였다.

이것으로 자미달은 모두 전멸이었다.

듀란크의 조종사 밴디트는 부하들의 죽음을 직시하고 입술을 질끈 깨물었다. 확실히 이대로는 승산이 없었다.

흑족의 본진까지 오는 데만도 자미달 6기를 잃은 상황. 총합 9기를 잃은 상태로 퇴각하는 건 자존심이 상했지만, 어쩔 도리가 없었다.

그의 기억에 자미달을 쓰러트리는 데 협조한 기사들과,

용기사, 그리고 붉은 머리의 여인에 대한 기록이 입력됐다.

[어떤 식으로든 이 빚은 꼭 갚아주지.]

듀란크는 로이하 경계지역을 수비하는 마탑의 공격을 요리조리 피해가며 달아났다. 카미에반은 추격명령을 철회하고 뒷정리에 치중하라고 명했다.

그도 그럴 것이 외곽지역에서의 피해까지 포함한다면 흑족의 피해도 상당했다.

이번 전투는 외곽 방어선의 확충 및 강화의 필요성을 여실히 느낀 교훈이었다. 공화국의 공격은 시시각각 격렬해지는 중이었다.

카미에반은 보좌관에게 나머지 정리 임무를 맡기고 레이드 일행과 함께 에카스를 모셨다. 다시 보금자리로 돌아온 에카스는 등허리에 난 생채기를 더듬었다.

카이트를 따라 쫓아온 플로아는 에카스의 모습을 살피고 고개를 절레절레 흔들었다.

"으음…… 이분은 일단 드래곤은 아니시네요."

"로베룬의 용기사와 용족의 아이인가. 네 말대로 나는 용족 레베룬과는 질적으로 다르다. 성수는 원래 일반적인 동물이었던 몸. 단지 신의 선택을 받아 성수로서의 자각을 하여 수천 년의 삶을 지탱하게 된 존재이지."

"과연…… 확실히 그렇다면 다른 게 맞겠네요."

"그래. 너희 로베룬이 모시고 있는 용족 레베룬은 태생부터 용의 그릇. 어느 쪽이 더 성스럽다고 논할 수는 없지만, 나는 그저 검은 도마뱀으로서 성수가 된 것일 뿐, 용족과 다름은 확실하다."

"네. 자세한 설명 감사드립니다."

플로아는 정중히 고개를 숙여 보였다. 그녀의 어깨 위에 안착해 있었던 페메가 멀뚱히 에카스를 바라봤다. 쭉 쳐다보다가 이내 에카스의 지고지순한 눈동자와 마주치자 플로아의 배낭으로 쏙 숨어버렸다.

"로베룬의 여기사여, 네 궁금증은 그걸로 끝인가."

"네. 그렇습니다."

플로아는 금방 분위기를 파악했다. 그녀는 카이트의 손목을 이끌고 밖으로 나갔다. 카이트가 왜 그러시냐고 묻자. 쉬잇. 조용하길 권했다.

두 사람은 지상으로 올라가던 중, 때마침 내려오고 있었던 메를리니와 마주쳤다.

플로아는 메를리니에게서 풍겨오는 고결한 기운을 느꼈다. 단순히 왕태자비라는 직위로부터 전해져오는 분위기만은 아니었다.

용들과 함께 지냈던 플로아는 보다 선명하게 느낄 수 있었다. 메를리니라는 여인의 주변으로 뭔가 알 수 없는 미지의 힘이 잔류하고 있음을.

그러나 확실치 않은 추측으로 타국의 왕태자비를 곤란케 할 수는 없는 일. 예를 갖추고 인사를 드린 뒤 조용히 지나쳐갔다.

*　　*　　*

한편 지하에서는 얼마간 침묵이 흐르고 있었다.

계단 난간에 기대고 서 있었던 카미에반은 레이드와 에카스 사이에 흐르는 미묘한 기류를 느꼈다. 그는 에카스가 어떤 결정을 내릴지 짐작이 갔다.

에카스가 천천히 무거운 입을 열었다.

"왕태자, 아내가 은랑 레비나스를 만나서 애간장이 탔던 것인가?"

"아닙니다."

"그럼 왜 굳이 나를 찾아온 것이지?"

"그저 힘을 얻고 싶었습니다."

"솔직하지 못한 친구로군."

에카스는 살며시 눈을 감았다. 그의 몸에서 검은 기운이 감돌기 시작하더니, 인간의 모습으로 변했다. 수염이 진득한 중년 사내의 모습이었다.

그에게서 풍겨지던 기운은 마치 작은 몸에 응집된 것처럼 더 짙고 음산해졌다.

“사실 자네가 나를 찾아왔을 때에는 기분이 좋았지. 은랑 녀석에게 한 방 먹일 기회라고 생각했거든.”

“예? 무슨……?”

에카스는 음흉한 미소를 지었다. 수염에 가려진 그의 웃음은 뭔가 기묘한 분위기를 자아냈다.

다만 레이드는 에카스의 의중을 바로 파악하진 못했다. 당장 그는 성수가 인간형으로 변신한 것만으로도 놀라움을 금치 못하는 상태였다.

카미에반은 자신도 처음엔 저랬지, 라며 피식 웃었다. 그때 그의 등 뒤로 인기척이 느껴졌다. 계단 쪽에 누군가 있음이 분명했다.

흑족도 아니고, 그렇다고 카이트나 플로아의 기운도 아니었다. 누군지 확인하려다가 이내 지레짐작으로 매듭짓고 모른 척해 줬다.

그쯤 에카스의 입에서 은랑에 대한 이야기가 나왔다.

"나는 은랑 레비나스와 그리 사이가 좋지 않다. 우리를 정의내리는 별칭에서도 느껴지지 않나? 하얀색과 검은색. 이 간단한 이분법적인 정의만으로도 우리는 차별화를 이루지."

에카스는 발로 바닥의 흙먼지를 툭툭 털어 냈다.

"나도 뜬소문으로 전해 들었던 붉은 왕태자비와 은랑의 만남. 네가 아내의 행보에 발 맞춰 움직이고 싶었던 것도 이해는 된다. 그러니 걱정 마라, 나는 흑족과 나의 위기 속에서 구원의 손길을 보태준 네게 권능을 나눠줄 의향이 있다."

말은 그렇게 했지만, 듣고 있던 레이드로선 뭔가 탐탁지 않았다. 에카스의 눈빛은 뭔가 구린 분위기를 계속 풍기고 있었다.

"말씀은 그렇게 하셔도 어쩐지 제약사항이 있는 것 같군요."

"과연 내가 선택을 하려는 자답군. 제법 눈치가 있구나. 네 말대로 나는 어떤 한 가지 조건을 붙일 참이다. 지금부터 내가 전할 이야기는 앞으로 네가 걸어갈 길에 지대한 영향을 미치겠지. 어쩌면 이 세상 흐름의 판도가 달라질지도 모른다. 그래도 듣겠는가?"

레이드는 눈꺼풀을 굳게 감고서 얼마간 생각의 시간을 가졌다.

그리고 얼마나 시간이 흘렀을까. 레이드의 눈동자가 천천히 뜨였다. 고뇌를 마친 의미 있는 시선이 에카스의 눈빛과 동선을 이뤘다.

"들려주십시오."

에카스가 턱을 어루만지며 씨익 웃었다.

"세상에는 아직 재미로 가득하구나. 하기야 이런 재미조차도 없었다면 살아갈 이유가 필요하겠는가. 진실을 알고도 감당할 자신이 있다면 들려주겠다. 네가 진정으로 궁금해 했던 진실에 대해서."

에카스의 오른손이 레이드의 이마에 닿았다.

한 순간, 레이드는 이상야릇한 기분을 만끽했다. 정신이 아찔해지고 숨이 턱턱 막혔다. 마치 물속에 잠기기라도 한 것처럼…….

* * *

새까맣게 물들어 있던 레이드의 시야가 하나둘 개이기 시작했다. 마치 머릿속에 영상이 흘러가듯이 주변이 온통 새로운 광경으로 치장됐다.

레이드를 둘러싸고 있는 세상은 로이하의 지하도, 험난한 얀즈루 협곡도 아니었다. 그러면서 처음 보는 곳도 아니었다.

분명 낯이 익은 기억의 장소였다. 그의 바로 앞에 누군가 풀이 죽은 얼굴로 서 있었다.

초췌한 얼굴의 여성은 빛이 바란 머리카락을 어루만지며 한숨을 내쉰다. 그녀가 힘없는 발걸음으로 레이드를 투과해 지나치자, 레이드는 뒷걸음질 치다가 바닥에 엉덩방아를 찧었다.

순간적으로 머릿속에 흘렀던 생각이 맞는다면 이건 현실이 아니었다. 아니, 그렇다면 이걸 미래라고 봐야 하는 것인가? 대체 이러한 미래를 믿어야 하는 게 맞는 것인가?

레이드의 상념이 저물어갈 즈음.

다른 장면이 눈을 적셔왔다. 이번에는 자신이 평생을 함께 했던 여인의 모습이 보였다. 자신을 이 세상에 태어나게 해 준 고결한 여인, 단지 자신의 기억 속의 모습보다 나이가 든 모습이었다.

화장으로 어떻게든 지우려 했으나 남자인 레이드에게도 어렴풋이 보이는 주름의 잔재. 아, 이 또한 먼 훗날, 먼 미래의 이야기인가? 대체 에카스는 무엇을 보여주려 하는 것인가?

살며시 눈을 감았다 뜨자, 방금 봤던 두 여인이 함께 서 있는 모습이 비춰지기 시작했다. 레이드의 기억대로라면 그 누구보다 사이가 좋을 두 여인의 모습이 비칠 예정이었다.

그러나 왜일까. 왜…… 자신이 상상했던 내용과 전혀 다른 것일까. 도저히 상상조차 할 수 없었던 장면이 연출되고 있었다.

레이드는 생각했다. 에카스가 레이드 자신의 진심을 망칠 심산이라고. 이딴 미래는 존재치도 말아야 했으며 애초에 현실도 아니었다. 그래야만 했다.

"에카스님, 대체 제게 무얼 보여주시려는 겁니까?"

레이드의 나지막한 물음에 허공에서 에카스의 목소리가 답해 왔다.

"잠자코 지켜보면 알게 되겠지. 내가 보여 주려는 것이 무엇인지, 그리고 네가 믿어야 할 것이 무엇인지, 앞으로의 행보가 어떻게 될 것인지."

레이드는 다시 고개를 절레절레 흔들고 다음 장면을 맞이했다. 뒤이어 이어진 모든 장면들은 모두 레이드의 미간을 찌푸리게 만들었다.

양미간이 찌푸려지다 못해 성난 들소처럼 잔뜩 화가 난 얼굴이었다.

'이건 현실이 아니다…… 메를리니가 죽음을 맞이하는 장면이 현실일 리가 없어…….'

마지막 장면을 보고서 자신의 가슴을 쥐어 잡았다. 뜯겨진 옷자락이 스르르 바닥에 흩뿌려졌다. 겨우 진정한 뒤에야 무거운 입을 열었다.

"에카스님, 혹 다음 이야기도 있는 것입니까……?"

"물론이다. 자네가 다음 장면을 원한다면 보여주도록 하지."

"……."

레이드의 눈초리가 파르르 떨렸다. 그는 이를 악물고 고개를 끄덕였다.

새까매진 주변이 다시 훤하게 드러나면서 [두 번째 시나리오]라는 자막 문구가 떠올랐다.

레이드는 침을 꿀꺽 삼키고 눈앞의 영상에 집중했다. 어쩐지 이제부터 보이는 것들은 현실적으로 다가왔다. 그가 아는 내용 같았다.

영상에 등장하는 여인의 모습이 그의 기억 속 그 모습이었다. 그러나 그녀의 행동은 역시 낯설었다.

'이럴 순 없어…….'

레이드의 표정이 얼어붙었다. 여인이 하는 행동, 여인이 가진 생각, 여인이 살아가는 이유, 그 모든 것들이 현실적으로 전해져왔다.

첫 번째 시나리오를 본 뒤라 그런지 그녀의 감정이 레이드의 마음까지도 뒤흔들었다. 첫 번째 시나리오만 봤을 때만해도 이렇진 않았다.

레이드의 뺨을 타고 묽은 눈물이 흘러내렸다. 시나리오의 끝자락에선 레이드 본인의 모습도 나타났다. 레이드는 화면에서 웃고 있는 자신의 모습이 정말 멍청하고 바보 같다고 생각됐다. 어찌 저토록 한심한 놈이 존재할까 싶었다.

슬슬 두 번째 시나리오를 끝맺음으로 모든 영상이 종료되었다. 레이드는 살며시 눈을 떠서 현실로 돌아왔다.

카미에반은 팔짱을 낀 채 둘을 바라보고 있었고, 계단참에 있던 인기척도 여전했다.

에카스는 다시 본연의 검은 도마뱀의 모습으로 돌아왔다. 레이드는 뺨에 남아 있던 물기를 훔쳤다.

"이게 당신이 은랑 레비나스에게 반하기 위해 준비한 내용입니까."

"굳이 따지자면 그렇다고 할 수 있지."

"힘은…… 저에게 주어지는 힘은 무엇입니까?"

"그것보다 직시한 현실에 대해 더 궁금한 것은 없나?"

"없습니다. 충분합니다."

"흐음. 그래, 생각할 시간은 더 필요하겠지. 자, 그럼 자네의 바람대로 힘을 주도록 하지."

에카스가 눈을 감고 뭐라 중얼거리자, 그와 레이드 사이에 검은 기운이 몰려들었다. 새까만 힘의 덩어리는 점차 뚜렷한 형태를 갖춰나갔다.

그것은 곧 검의 모양을 띄기 시작했다. 시커먼 날을 가진 무색의 검은 레이드의 앞에서 둥실둥실 떠다녔다.

"그 검은 그 옛날 고대의 용사라 불렸던 사내가 들고 다녔던 물건이지. 밤의 주신 헤르안나 님과 아니만 사이의 장난에서 태어난 반신 쥬라스의 검이라고 하면 알겠는가?"

"반신 쥬라스……."

"반신이면서 동시에 용사라고 불렸고, 최후에는 자신의 어머니에게 봉인 당했던 사내. 그의 삶이 어쩌면 지금의 너와 어울리는 것도 같군."

"……."

"쥬라스는 반신이었지만 딱히 헤르안나 님으로부터 힘

을 받은 것은 아니었다. 그는 순전히 인간의 힘만 지니고 태어났지. 설상가상 아버지 또한 별 능력이 없는 사내였으니 쥬라스도 별다른 능력이 없었다. 그런 그가 어떻게 악몽의 마왕으로까지 불릴 수 있었을까?"

"……."

레이드의 침묵을 즐기듯 에카스가 입꼬리를 올렸다.

"해답이 그 검에 있다. 나, 검은 도마뱀 에카스로부터 인정받은 사내여, 부디 현명한 선택과 올바른 길로 나아가기를 바란다."

레이드는 말없이 검을 쥐어보았다. 의외로 검이 나타났을 때나, 에카스의 말과는 달리 특별한 효과 같은 건 없었다.

그렇듯 얼떨떨해하고 있는 레이드에게 칼집을 건네주기 위해 카미에반이 다가왔다. 그쯤 계단 쪽에 있었던 인기척이 계단을 따라 올라갔다.

슬슬 레이드도 정중히 절하며 자리를 물렸다. 지금의 그에게는 용사의 검 따위가 중요한 게 아니었다. 에카스를 통해 보게 됐던 비현실적인 현실. 그것이 계속 머릿속에 맴돌았다.

그렇게 레이드가 서둘러 떠나고, 지하에는 에카스와 카

미에반만이 남았다.

"에카스님, 굳이 그렇게까지 하셔야 했습니까? 저야 신들에게 버림받은 흑족 자드인. 신들의 노름에 관여할 바는 아닙니다만."

"한 방향으로만 흘러가는 세상은 재미없지. 더군다나 그 방향에 은랑 녀석이 껴 있다면 더더욱. 나 또한 세상의 흐름을 바꿀 능력이 있음을 보여 주고 싶었다."

"짓궂으시군요."

"뭐. 어차피 내가 건드리지 않았어도 언젠가 돌아갈 수레바퀴였겠지. 난 그것보다도 우리 왕태자께서 그 검을 어떻게 사용할지 궁금해지는군. 과연 그는 반신 쥬라스조차 넘을 신화가 될 수 있을까. 아니면 그저 그런 소인배로 전락할 것인가."

* * *

길게 늘어뜨린 적색의 머릿결 아래로 고요한 느낌을 표하는 눈동자가 청명한 빛을 발하고 있었다. 적당히 날카롭게 선 콧날 아래로 앵두처럼 붉은 입술, 뽀얀 피부가 함께였다.

메를리니의 아름다움은 화이트 코르셋 드레스가 무색할 지경이었다. 정말이지, 어디 내놔도 손색이 없을 미모였다.

메를리니는 얇디얇은 드레스 위로 푸른빛의 망토를 두른 채, 붉은 머리카락을 부드럽게 쓸어 넘겼다. 그녀는 호위병들과 궁녀들을 모두 물리고 유지니만을 대동한 채 호수 앞에 섰다.

지난날, 메를리니가 하명했던 임무를 모두 마치고 돌아온 유지니는 한층 자신감이 붙은 얼굴이었다. 자신이 메를리니에게 도움이 됐단 사실에 들떠 있었다.

유지니의 생기 있는 모습에 메를리니도 흡족했다.

메를리니는 보드라운 손을 망토 사이로 내밀더니, 바스락거리는 낙엽을 하나 주웠다. 한 줌에 쥔 낙엽이 사그작 소리를 내며 바닥에 흩뿌려졌다.

하늘이 투영된 가을의 호수는 명료한 아름다움을 품고 있었다. 따사로운 햇볕이 실린 산들바람이 불어왔다. 호수의 물기를 머금은 바람은 무척이나 시원했다.

"나쁘지 않네."

메를리니는 눈을 감고 바람을 만끽해 보았다. 피부를 적시는 촉촉한 느낌이 마음에 들었다. 묵혀두었던 어떤 상념이 떠오를 듯 말 듯.

"유지니."

"네. 마마."

"뭐 하나만 물어봐도 될까?"

"네. 말씀하세요."

"네가 나를 따르는 이유가 궁금해. 단순히 펜헤 도보에서의 만남 때문이라고 하기에는 너의 행동은 너무 맹목적이야."

유지니는 잠시 눈을 감았다 떴다. 흑갈색의 눈동자에선 한 치의 미동도 느껴지지 않았다.

"마마, 옛날이야기를 하나 해도 될까요?"

"그러고 보니 네 과거 이야기를 들어보지 못했구나."

유지니는 숨을 가다듬고 이야기보따리를 풀어놨다.

"저는 한 대륙력 1545년 7월 7일에 태어났습니다. 작은 귀족 가문의 서녀로 태어나서 갖은 멸시를 받으며 자랐죠."

애환이 담긴 어조였다.

"여섯 살 되던 해, 아버님께서 며칠 자리를 비운 사이 저는 본부인 마님의 음해로 죽을 위기에 처하게 됐습니다. 어머니와 저는 야반도주를 감행했지만, 결국 어머니는 암살자들에게 붙잡혀 세상을 떠나셨습니다."

한 마디, 한 마디에 진중한 느낌이 어려 있었다.

"저는 어머니의 희생으로 추적자들을 피해 겨우 상선에 몸을 실었습니다. 그렇게 카르디아 대륙으로 넘어오게 됐죠. 저의 본명은 허유진. 당시, 유진이라는 발음을 돌릴 수 없었던 펜홀 왕국의 동부인들로부터 유지니라는 이름으로 불리기 시작했습니다."

이야기를 끝낸 유지니의 눈동자가 미세하게 흔들렸다.

고작 여섯 살에 암살자에게 어머니를 여의고, 상선에 노예로 팔리듯이 카르디아 대륙으로 넘어오게 된 소녀. 유지니가 겪었을 고난의 무게를 메를리니는 깊이 느낄 수 있었다.

유지니의 나지막한 목소리가 이어졌다.

"3개월여 후, 루티아르 상선들이 험난했던 여정을 마치고 본국으로 귀환하면서 저도 함께 딸려오게 됐습니다. 당시 그 상선들을 이끌었던 물주는 동부의 귀족이었습니다."

"동부의 귀족?"

"네. 그 귀족은 한창 뒷골목계에서 내기에 빠져 있었죠. 결국 그는 뒷골목계의 제왕으로 급부상 중이었던 사내에게 내기에서 지게 됐습니다. 그 사내…… 지금의 제 아버지께서 저를 거둬주셨고, 시간이 흘러 지금에 이르게 된 것입니다. 마마, 혹시 홍화란이란 새에 대해 아시나요?"

"홍화란? 글쎄, 처음 들어보는걸……?"

"현재 한 대륙의 패권을 쥐고 있는 나라는 대국 유한입니다. 유한의 힘은 정말 강대해서 주변국들 모두가 유한의 눈치를 살피죠. 그런 대국 유한에게 대항하는 유일한 국가가 있습니다. 고수서라고 불리는 그 나라의 시조새가 홍화란입니다."

"고수서라면 나도 들어봤어. 유한의 침공을 몇 번이고 막아 낸 나라로 유명하지."

"네. 제 어머니는 유한으로 흘러 들어온 고수서의 유민 출신이었습니다. 어머니는 숨을 거두시는 그 순간까지 저에게 홍화란에 대해 말씀해 주셨습니다. 저는 왕태자비 마마를 처음 뵈었을 때, 마치 그 홍화란이 사람의 모습을 한다면, 이런 모습이 아닐까, 싶었답니다."

"내가?"

"네. 세상의 어둠을 걷히게 만든다는 고결한 홍화란의 모습을…… 마마에게서 느꼈습니다. 제게는 그 이상도 그 이하의 이유도 없습니다."

그렇게 말을 맺고서 유지니는 살며시 눈을 감았다. 그때 메를리니가 천천히 다가와 유지니를 꼭 안아주었다. 손길로, 가슴으로 와 닿는 따뜻함이었다. 유지니의 뺨을 따라가는 물방울이 흘러내렸다.

"홍화란의 따뜻한 날개 아래에 자리하는 것. 그것이 저의 소망이자 염원입니다. 마마를 위해서라면 언제라도 저는 준비가 되어 있습니다."

"그래. 고마워."

메를리니는 말없이 유지니의 머리를 쓰다듬어주었다.

그리고 조용히 생각했다. 탄생의 여신 루비아나와 죽음의 신 토빌메는 무엇 때문에 한 여인의 삶을 바꿔놓은 것일지.

그 둘이 운명의 장난을 나누지 않았다면, 유지니는 이슈크리스단과 함께 왕국의 그림자에서 지냈을 것이고, 이르에는 부하들과 함께 왕국군에 대항하다가 숨을 거뒀을 것이다.

물론 붉은 머리의 여인이 한 대륙의 시조새라고 불릴 이유도 없었을 것이다.

르나이아가는 그의 아버지와 함께 죽었을지도 모를 일이고, 마리오의 그랑디아 상단은 체페트에게 밀려 더는 루티아르에 발을 내밀지 못했을 것이다.

메를리니는 검지로 콧등을 비비며 바람을 느껴봤다.

'세상은 앞으로도 수많은 모습으로 변해가겠지…….'

이미 한 여인의 삶이 바뀐 것만으로 역사도, 세상의 흐름도 많이 바뀌었다. 그게 좋은 현상인지 아닌지는 아직 판단할 수 없었다.

그쯤, 저 너머에서 낯익은 얼굴이 걸어오고 있었다. 메를리니는 자신에게로 걸어오고 있는 레이드로부터 뭔가 평소와 다른 분위기를 느꼈다.

아니, 메를리니는 진즉부터 알고 있었다. 레이드가 예전과는 달라질 것임을, 그녀가 원래 알고 있었던 그가 아니게 될 것임을, 충분히 이해하고 있었다.

얀즈루 협곡에서의 다사다난했던 경험을 거친 뒤, 레이드는 달라져야만 했다. 그가 에카스와 만나고 전해들은 이야기는 그만큼 충격적이었다.

메를리니는 유지니를 물리고는 다소곳이 앉아서 호수에 손을 담갔다.

차갑다기보다 따뜻한 느낌이었다.

살며시 물 한 줌을 떠서 목을 축였다. 상쾌함이 목덜미를 따라 우수수 내려갔다.

노이베 호수는 세계에서도 으뜸이라 불릴 정도로 맑았다. 그래서 왕도의 물도 대부분 노이베 호수에서 퍼오는 경우가 많았다.

메를리니는 언제인가 들은 적이 있었다. 노이베 호수에는 호수의 기사라고 불리는 전설의 존재가 살고 있다고.

루티아르 왕국이 위기에 처하면 어느 순간 호수의 기사가 나타나 왕국을 위협하는 모든 악재를 해결해 준다고 했다.

물론 루티아르 왕국이 그 정도의 위기에 처한 적도 없었거니와, 실제로 그 전설을 믿는 이가 그리 많지도 않았다. 그냥 우스갯소리로, 혹은 얕은 신앙심으로 우러러보는 정도였다.

메를리니는 이번엔 양손을 물속에 담가봤다.

물속에 잠긴 손의 선명한 윤곽이 보였다. 너무 잘 보이다 못해 마치 물과 하나가 된 기분도 들었다. 손이 물처럼 투명해 보였다.

세상도 그녀에게는 그리 투명한 느낌이었다. 자나온 과거에 엿보이는 미래, 그리고 여과되는 분노와 그렇지 않은 바람. 이 모든 걸 포함하는 세상이었다.

일견 거울에 비치듯 호수에 레이드의 모습이 어렸다.

레이드 폰 루티아. 루티아르 왕국의 왕태자이자, 메를리니의 남편. 메를리니가 그토록 원망하고 미워하는 여인의 아들. 동시에 메를리니가 사랑했고 지금도 사랑하는 남자.

"조금만 걸을까요?"

두 사람은 느릿하게 주변을 걸어 다녔다. 호숫가 인근의 꽃밭이 둘을 맞이해 주었다. 가을꽃들이 화려하게 수놓고 있는 꽃밭의 향기가 코를 간질였다.

이윽고 산뜻한 향기를 지나, 평평하게 가꿔놓은 잔디까지 이르렀다. 잔디는 사람의 발이 닿자, 사박사박 소리를 냈다.

메를리니는 잔디를 거닐던 발을 멈추고 다소곳이 잔디에 앉았다. 드레스의 결이 얇게 접혔다.

"어쩐지 오늘은 그냥 찾아오신 것 같지 않네요. 표정이 많이 어두우세요."

"……."

"괜찮아요. 저는 언제라도 받아들일 준비가 돼 있으니까요."

레이드의 얼굴에 그늘이 졌다. 메를리니의 저 말이, 저 미소가, 모두 사랑스러웠고 좋았다. 그러면 그럴수록 마음이 아팠다.

에카스에게서 이야기를 듣기 전부터 그는 알게 모르게 인지하고 있었다. 애초에 로이하 성에 공화국의 장갑기들이 쳐들어왔을 때도 재확인됐던 터였다.

자욱한 먼지 때문에 못 봤을 거라고 여겼겠지만, 그때 레이드는 똑똑히 보았다. 자미달을 메를리니가 단신으로 쓰러트리는 것을.

"글쎄. 당신에게 할 말이 있긴 한데…… 쉽게 입이 떨어지지는 않는군."

"저는 망설임 없는 사내가 좋답니다."

메를리니는 우아한 미소를 혀끝으로 밀어냈다.

레이드가 큼큼, 목소리를 가다듬었다.

"메를리니, 당신은 말이요. 아주 만약에 말이요."

"네."

"아니, 만약이란 표현은 필요 없으려나…… 아니, 필요하겠지. 이런 이야기가 있다고 가정해 보겠소. 아니, 애초에 있는 이야기던가. 하아. 너무 횡설수설하게 되는군……."

메를리니가 고개를 절레절레 흔들었다.

"괜찮아요. 말씀해 보세요."

"소설가 카도스가 집필한 일그러진 용사의 검이라는 소설책을 예로 들어보겠소. 용사가 마왕을 쓰러트린다는 흔하디흔한 서사시. 용사가 모험의 끝에서 세상을 구원한다는 빤한 이야기."

"재미있는 소설이었죠."

"그 말 그대로 카도스는 그 단순한 이야기 속에 반전을 집어넣어서 색다름을 가미했지. 용사의 어릴 적 단짝이자 사랑하는 연인이, 실은 마왕의 딸이었다는 설정이었지 아마."

"네. 결국 용사는 사랑하는 여인의 만류로 마왕을 죽이지 못하죠. 처음에는 정말 신선한 소재였지만, 지금은 또 진부하다는 평을 받고 있죠."

"'진부하다'라. 진부하다는 말은 때로 보편적이라는 말과 일맥상통하지. 안 그렇소?"

"네. 많이 접할수록, 익숙하면 익숙할수록, 서서히 그렇게 되어 가는 것이죠."

메를리니는 입가에 웃음을 띤 채 잔디에서 일어났다. 붉은 머리카락이 스르르 옆으로 흩날렸다. 새하얀 오른쪽 뺨이 도드라졌다.

"사실 용사가 원래부터 용사는 아니었어요. 마왕의 횡포 때문에 부모가 죽고, 마을이 무참히 짓밟혔던 게 그가 용사가 된 이유였죠. 우습게도 마왕이 용사의 마을을 노렸던 것은 자기 딸의 존재를 은폐하기 위함이었고요."

메를리니의 눈빛은 어쩐지 애잔해 보였다.

"진부하다는 표현 이전에, 용사가 마지막에 선택한 것이 옳았다고 생각하시나요? 당신은 자신의 부모님과 동생, 지인들을 죽인 사람을 용서하실 수 있나요?"

"왜 그런 걸 묻는 것이오?"

레이드는 쓴웃음을 머금었다. 그는 메를리니와 자신의 사이에 뭔가 알 수 없는 장벽이 있음을 인지했다.

"당신은 장차 루티아르의 왕이 되실 분이니까요."

"내가 왕이 된다는 것과, 용사의 선택. 그 관계성을 모르겠소."

"네. 아직은 그 의미를 모르셔야 하는 게 맞습니다. 그저 지금은 앞에 놓인 현실만 바라봐주세요. 현실에 대한 선택은 직접 고르시면 되니까요. 저는 당신의 선택에 그 어떤 반감도 가지지 않을 테니까요."

"……."

레이드는 이마를 짚었다가 눈을 가만히 감았다 떴다. 다리가 후들거렸지만 티를 내지는 않았다.

사실 레이드로서는 에카스의 말을 곧이곧대로 믿을 수만은 없는 입장이었다.

그러나 그는 메를리니의 방금 대답과 반응으로 하여금

자신의 헛된 믿음을 조용히 철회했다. 결국 에카스가 보여 준 것은 사실에 가까웠다.

'이제 나는 어찌해야 좋단 말인가…….'

어떤 인과관계의 소용돌이에 있을지언정, 두 여인 모두 자신이 사랑해마지 않는 사람들이었다. 그래서 그는 마음먹었다. 둘 다 살아날 수 있을 길을, 어떻게 해서든 둘 사이의 악몽을 자신의 손으로 해결하기로.

그 외에는 그가 선택할 수 있는 게 없었다.

"메를리니."

"네."

"사랑하오. 언제까지고."

레이드는 메를리니를 살포시 안았다. 그의 뺨을 타고 흐른 한 줄기 물방울이 메를리니의 어깨 위로 툭 떨어졌다.

제3장

바람의 재상

『바람은 자유를 뜻한다. 바람의 재상이라고 불렸던 그 사내는 항시 자유를 이야기했고, 그 자유의 본질도 꿰뚫어 봤다. 진정한 자유를 누리기 위해 얼마나 많은 제약이 필요한지, 그는 누구보다 잘 알고 있었다.

– 지판고의 서적 '제국을 이긴 바람'』

밤공기가 차가웠다. 낮에는 제법 더운 여름 날씨였지만, 반대로 밤이 되면 걸칠 것을 챙겨야 할 정도였다.

한여름의 무더위를 식혀주는 밤바람을 맞으며 메를리니는 사색에 잠겨 있었다. 주변이 어두컴컴했지만 그녀의 앞만은 밝은 빛으로 가득했다.

그녀는 바로 앞에 휴대용 조명을 설치한 채 생각의 시간을 가지다가도, 궁녀가 챙겨온 책을 읽으며 감수성을 뽐내기도 했다.

"뭘 그렇게 골똘히 고민하시나."

건들거리며 다가온 르나이아가가 어깨를 으쓱거렸다.

며칠 전 임무를 마치고 돌아온 그는 이제는 좀 쉬고 싶은 마음이었다.

아버지께서 인간들에 대해 배우고, 붉은 왕태자비를 도우라고도 하셨지만, 이래저래 메를리니가 내리는 임무는 귀찮음의 연속이었다.

메를리니는 책 사이에 책갈피를 꽂으며 고이 덮었다.

"그러고 보니 보고가 없었는걸. 이번 임무는 어땠어?"

"네가 말한 대로 북부의 귀족 몇몇을 만나고 왔지. 딱히 문제될 건 없었어. 애초에 상황에 대한 조치라든가, 머리 굴리는 일들은 이미 다 해결해놨더구만. 나는 그저 뒤처리하는 정도였지."

"인간 말도 제법 늘었는걸."

"그러게 말이다. 다 누구 덕분이지."

르나이아가는 메를리니 바로 옆 잔디에 철퍼덕 앉았다. 부드럽게 눌린 잔디가 푹신푹신해서 나쁘지 않았다.

그는 잔디에 엉덩이를 비비더니, 잔디 몇 가닥을 뜯어서 향을 맡아봤다. 산뜻한 풀 향기에 취할 것만 같았다.

"왕궁 잔디가 다르긴 다른가 봐."

“몰랐어? 그런 잔디 한 가닥조차 다르기 때문에 모두 왕궁을 꿈꾸는 거지.”

“그렇구만? 그래서 너도 이토록 열심히 살아가는 중인 건가? 메를리니, 네 남편은 결국 왕이 될 거고, 넌 왕비가 될 몸이잖아. 거기보다 더 올라갈 곳이 있어?”

“더 올라갈 곳이라…… 뭐, 찾아보면 더 있겠지.”

“인간은 참 모를 종족이야. 그 욕심에 끝이 보이지 않거든. 이번에 내가 만났던 북부의 귀족들도 각자 영지에서는 왕이나 마찬가지더만. 그들도 더 높은 위치로 올라가기 위해 너에게 줄을 대는 거겠지.”

“그래서 신물 나는 붉은 왕태자비에게서 떠날 생각이라도?”

“아니. 오히려 반대야. 그 끝을 보고 싶다는 마음도 있어.”

무표정한 얼굴로 잘도 대답하는 르나이아가였다. 그는 별로 깊게 생각하는 성향도 아니었다. 특히 이런 문제에 직면하면 심드렁하게 단순화시키곤 했다.

메를리니가 지시하는 명령이라면 자신의 목숨을 바쳐 수행하려는 유지니나, 이치에 맞게 반대하면서도 스스로 계획을 논하려는 이르에와는 또 다른 매력이 있었다.

생을 거는 것까진 아니었지만 그렇다고 잔머리를 굴리지도 않았다. 툴툴거렸지만 해야 할 때에는 특별히 거부하지도 않았다.

새삼 메를리니는 르나이아가라는 인물을 만났다는 것에 감사하는 바였다. 무겁고 진중한 왕궁 내에서 이런 식으로 가볍게 대화를 나눌 사람은 흔치 않았다.

이런저런 만담을 나누며 분위기가 풀려가는 가운데, 숨어 있던 별빛 한 줄기가 나타났다.

메를리니의 살짝 벌어진 입술이 채 닫히기 전에, 별빛은 스르르 밤하늘 사이로 스며들 듯이 사라져 버렸다.

메를리니는 슬며시 자리에서 일어났다.

르나이아가는 갑자기 왜 그러냐는 얼굴로 메를리니를 쳐다봤다. 보일 듯 말 듯 부들부들 떨고 있는 메를리니의 손이 르나이아가의 눈에 비쳤다.

"메를리니, 대체 무슨 일인데 그래?"

"생각보다 빠른 전개야."

"그러니까 무슨 일인 거냐고."

메를리니는 후들거리는 양손을 꾹 쥐었다.

"다이헤르 제국의 정국이 크게 흔들리기 시작할 거야. 아무래도 내 행보가 변화를 가져오긴 하나 봐. 르나이아가,

데미안과 함께 제국에 다녀와 주지 않겠어?"

"또 여행이구만. 이번에는 또 어떤 파란만장한 사건들이 함께 하려나. 에휴. 그래서 가는 이유는 대체 뭐야?"

"아직은 확실하지 않은 내용이야. 자세한 내용은 데미안과 상의하고 결정이 될 거야. 데미안의 보조 역할로 다녀와 줘."

"알겠다고."

르나이아가는 별말 없이 메를리니의 말에 따랐다. 하지만 그 고분고분한 대답과는 별개로 오늘은 쉬고 싶다며 잔디에 발랑 누웠다.

침대에 누워버리듯 아예 잔디밭에 대 자로 누운 채 밤하늘을 바라봤다. 그런 그를 두고 메를리니는 서둘러 왕태자비궁으로 향했다.

르나이아가는 서서히 멀어져 가는 메를리니의 뒷모습을 흘끗 바라봤다.

"붉은 왕태자비라."

붉은 머릿결이 저렇게 어울리는 여성이 세상에 또 존재할까 싶은 밤이다. 르나이아가의 얼굴에 빙긋 미소가 실렸다.

* * *

르나이아가가 제국으로 떠나고 일주일 정도 흘렀다.

새벽녘, 좀처럼 잠이 오질 않았던 메를리니는 창문을 열어놓고 침대에 앉았다.

지난밤은 무슨 이유에서인지 잠을 설쳐서 기분이 뒤숭숭했다. 열린 창문으로 들어온 시원한 바람이 피부에 와 닿자 우울했던 기분이 조금은 나아졌다.

똑똑—

노크를 하고 유지니가 방 안으로 들어왔다. 평소처럼 아침 신문을 들고 온 그녀의 미간에 살짝 주름이 잡혀 있었다.

메를리니는 올 게 왔구나, 하는 얼굴로 신문을 받았다.

"눈이 침침한걸. 유지니, 안경 좀 주겠니?"

"네."

유지니는 항시 품속에 메를리니의 안경을 휴대하고 다녔다. 그것은 그녀가 메를리니의 가장 최측근이라는 증명이기도 했다.

안경을 끼고 오늘 자 신문을 읽어 내리던 메를리니의 표정은 때로 가벼워졌다가, 기묘해졌다가, 밝게 변하면서 까르르 웃음을 머금기도 했다.

익살스러운 목소리로 웃어재끼다가도 어느새 진중한 얼굴로 뚝 멈췄다.

"역시 결국에는 이렇게 되는 건가……."

이전에 예견했던 대로 다이헤르 제국의 정국은 돌이키기 힘든 소용돌이 속으로 잠겨 들었다.

신문의 마지막 2장을 통째로 장식하는 대미. 그 내용은 보고도 믿지 못할 정도로 엄청난 대사건이었다.

"차기 황제에 둘째 황자가 오르는 것까지는 좋은데. 너무나 빠른 전개야……."

마지막 2장의 첫 번째를 꾸민 기사는 다이헤르 제국 황제의 서거였다. 지병이나 암살도 아니었다. 그렇다고 정신적 충격으로 죽음에 이른 것도 아니었다.

일단 기사에는 자연사라고 적혀 있었지만 황제의 죽음은 모든 게 의문투성이였다. 정황상 메를리니는 그렇게 판단하고 있었다.

"유지니, 네가 한번 읽어보렴."

"네."

유지니는 신문을 쭉 읽고는 턱을 괴고 고민했다.

메를리니가 물었다.

"네가 생각해도 정상적이지는 않지?"

"네. 마마의 말씀대로예요. 기사에 적힌 것처럼 노화로 인한 죽음이라고 보기엔 석연찮은 게 있어요. 단순한 자연사라고 보기에는…… 신문의 마지막 내용에 의심이 가는 것은, 저의 불손이겠죠?"

메를리니는 고개를 절레절레 흔들었다.

"아니. 나도 너와 같은 생각이야. 굳이 따지자면 우리뿐만 아니라, 대부분의 사람들이 그런 의심을 품고 있을걸."

두 사람을 비롯해 정상적 범주의 생각을 할 줄 아는 이라면, 응당히 의심을 해야 할 부분이 맞았다.

황제의 붕어에 대한 내용에 바로 이어지는 마지막 기사의 내용은 놀랍게도 첫째 황자의 의문사였으니까.

* * *

"빌어먹을! 누가 알았겠냐고? 하여간 메를리니의 신통방통함은 알아줘야겠구만. 안 그래? 데미안 씨."

"그러게 말입니다. 저도 마마께 이번 임무에 대해 듣고 긴가민가했었는데 정말 현실이 될 줄 누가 알았겠습니까."

르나이아가와 데미안은 발에 불이 날듯 내달리는 중이었

다. 이유는 간단명료했다. 그들이 신세 지고 있었던 제국의 인사가 하루아침에 역모 죄로 끌려가는 일이 벌어진 것.

다행히 인적 명단에 따로 기재를 안 한 운이 따랐다. 거기에 르나이아가가 눈치를 채고 도주한 덕에 화는 면했지만, 그대로 있었다면 어떻게든 연루돼 큰 낭패를 볼 뻔했다.

"하아. 이전처럼 왕태자비의 측근이라는 이유로 설득하거나 그러면 안 되는 거야?"

"그때와는 상황이 많이 다릅니다. 당신이 다녀왔었던 에티로카나 왕국 북부는 마마의 힘이 닿는 곳이지만, 이곳은 엄연히 제국의 땅. 함부로 마마의 존재를 거론했다가는 일이 더 커지고 맙니다."

"그럼 이제부터 어떻게 해? 그나마 알고 있었던 제국 자작과의 연도 끝났고."

"후우, 잠시 쉬면서 이야기합시다."

한참을 달린 끝에 몇몇 쫓아오던 추격자들을 모두 따돌리는 데 성공했다.

애초에 자작과 만났을 때는 데미안이 '이야기꾼'으로 접촉한 것이었기에 신상의 걱정도 없었다. 당장 쫓아오던 무리를 뿌리쳤으니 한시름 놓을 수 있었다.

데미안은 품에서 제국 지도를 꺼내 펼쳤다. 그러자 르나이아가가 다가와 궁금한 눈초리로 지도를 살폈다.

"지도는 왜?"

"우리가 머물고 있었던 자기오 자작의 영지가 이곳. 그리고 근처에 있는 귀족들의 위치를 잘 살펴봐야 합니다. 피해야 할 영지들을 최대한 피해가며 제국의 수도로 들어가야 되니까요."

"피해야 할 곳?"

"예. 마마가 귀띔해 주신 대로 상황이 펼쳐지고 있습니다. 자기오 자작은 첫째 황자의 측근 중 한 명. 그랬던 그가 첫째 황자의 죽음이 세간에 퍼지기가 무섭게 역모 죄로 몰렸습니다. 이토록 빠르게 전개되기 위해선 사전에 준비가 있었어야 합니다. 아마 첫째 황자를 따랐던 다른 귀족들도 차례차례 세력을 잃어갈 것은 자명한 일. 괜히 그런 영지들을 어슬렁거리다가 불똥이라도 튈 순 없지요."

"오호라."

르나이아가는 박수를 치며 좋아했다. 뭐니 뭐니 해도 데미안은 메를리니가 신용하는 두뇌 중 하나가 맞았다.

에티로카에서도 다소 변수들은 존재했지만 그의 계획이 없었다면 르나이아가의 행동에도 제약이 많았을 것이었다.

이번에도 르나이아가는 데미안의 계획에 발맞춰 움직이면 그만이었다.

두 사람은 계획대로 첫째 황자의 세력권이 아닌 지역만을 경유하여 제국의 수도로 이동했다.

그리고 나흘 뒤, 두 사람이 수도 킹크페르트에 다다랐을 때, 제국은 기다렸다는 듯 새로운 변곡점에 안착하고 있었다.

황제의 의심스러운 부고, 첫째 황자의 의문사, 세력권의 재정리, 끝으로 둘째 황자의 즉위가 그것이었다. 킹크페르트는 한창 둘째 황자의 즉위식 준비로 바빴다.

인근의 주요 반대파를 모두 숙청한 둘째 황자 페르만 폰 이틀로이하는 자신의 즉위를 이행함과 동시에, 나머지 반대파들을 처리하는 것도 게을리 하지 않았다.

셋째 황자였던 아르펜의 세력은 애당초 남부에 몰려 있었고 당장 위협적이지 않았지만, 황제와 첫째 황자의 세력권은 두고두고 처리해야 할 골칫거리였다.

특히 첫째 황자의 외숙부였던 라이데르 후작은 페르만의 근심을 일으키는 가장 큰 난적 중 하나였다. 그를 제압하기 위해 페르만은 자신의 최측근이자 이번 거사의 총책임자였던 젊은 신예를 출병시키기에 이르렀다.

장터를 누비며 정보를 캐내고 있었던 르나이아가와 데미안은 정병들의 행렬이 다가오자 구석에 몸을 숨겼다.

지금껏 파악해놨던 정보대로라면 페르만 황자가 라이데르 후작을 치기 위해 보내는 병력임이 분명했다.

르나이아가가 속닥거렸다.

“정말 어마어마한 숫자구만. 뒤가 보이질 않아.”

“아마 이번 전쟁의 승패가 제국의 남은 판도를 좌지우지할 겁니다.”

“어차피 첫째 황자는 죽었다며.”

“첫째 황자는 죽었지만, 라이데르 후작에게도 명분은 충분합니다. 세상은 정의를 원하고, 황제와 첫째 황자의 죽음에 대해 옳고 그름을 정할 수 있는 사람은 승리자뿐입니다. 무엇이 진실이든 패배자의 말은 묻힐 것이고, 승리자의 말은 힘을 얻을 것입니다. 이번 싸움의 향방에 따라 우리 루티아르의 정세도 달라지겠지요.”

르나이아가는 코를 어루만지며 한숨을 내쉬었다.

“후우. 어려운 말은 잘 모르겠고. 그래서 저기 선두에 있는 남자가 세계의 방향을 바꿀 인물이란 거지?”

“예. 저 자가 이번 원정의 지휘관입니다.”

토벌군의 선두에는 흑색의 갑주로 무장한 검은 장발의

사내가 있었다. 그는 장터에 몰려 있는 백성들을 향해 손짓하며 승리를 자신하는 면모를 보였다.

그를 유심히 쳐다보고 있었던 르나이아가가 고개를 끄덕였다. 지휘관이란 사내는 확실히 보통 인물이 아니었다. 르나이아가의 본능이 그렇게 말하고 있었다.

르나이아가의 본능의 정확성을 증명하듯, 그로부터 두 달 뒤. 바람의 재상 레인 디너즈가 이끄는 토벌군은 라이데르 후작의 영지를 초토화시켰다.

* * *

다이헤르 제국의 내전을 평정한 페르만 2황자는 황태자의 절차를 생략하고 곧장 황제의 자리에 올랐다. 어찌나 일사천리로 일을 진행했는지, 한동안 지방의 백성들 중에는 황제가 바뀌었는지 모르는 이도 있었다.

과정이야 어떻게 됐든 실제로 황제의 자리를 꿰찬 것은 틀림없는 사실. 주변국도 변화의 추에 맞춰, 새 황제와 우호적인 관계를 가지려고 노력하는 분위기였다.

축하의 행렬이 수도 킹크페르트에 줄을 이뤘고, 황궁 창고에 보관된 선물도 한가득이었다. 일부에선 아버지와 형을 죽인 황제라며 손가락질하기도 했지만, 큰 여파를 가지진 못했다. 앞서 새 황제가 보여 준 강권 진압 때문에 감히 나서는 이가 없었다.

그렇게 정세의 흔들림이 차차 진정되던 가운데, 어김없이 루티아르 왕국에도 신나는 경사가 돌아왔다. 바로 루투스 국왕의 생일이었다.

루투스는 그 어느 때보다 성대하게 파티를 준비했다. 그 규모나 준비만 놓고 보면 제국의 황제 즉위식보다 화려하고 성대한 국가 행사의 장이었다.

백성들은 너 나 할 것 없이 모두가 국왕의 탄생일을 축복했다.

메를리니도 그중 한 명이었다.

"유지니, 차 맛이 좋구나."

"네. 정성 들여 준비된 홍차입니다."

"홍차라…… 유지니, 너도 먹어보렴."

"네. 그럼."

유지니는 예비용 잔에 홍차를 따라서 한 모금 음미했다. 자기가 직접 달인 차라서 그런 게 아닌, 정말 맛있어서 오금이 저릿저릿했다.

"슬슬 축하 행렬이 들어오는구나. 이런 걸 보면 얼마 전까지 옆 나라에서 내전이 있었다는 게 실감이 안 가."

"네. 그 불씨가 여기까지 오지 않아서 다행이에요."

"또 모르지. 그 최악의 사태를 대비키 위해 두 사람을 제국에 파견한 거니까."

메를리니는 살며시 고개를 돌렸다. 두 사람이 서 있는 곳은 왕성에서 가장 높은 첨탑이었다. 인근을 경계하기 위한 장소였지만 오늘만큼은 메를리니가 전세를 냈다. 그녀는 성문을 지나 들어오고 있는 인파를 내려다봤다.

성문을 통해 행렬들이 순서대로 들어오는 중이었다. 모든 나라에서 찾아온 것은 아니라도, 일단 방문한 손님들은 각국에서 이름 있는 막료들이었다.

가장 먼저 들어온 인물은 알테마리아 공화국의 건국 가문을 대표하는 가주 자베 란브랄트였다. 한 세력을 떠맡을 만큼의 권력을 가진 사내였다. 그를 중심으로 흑사자의 인장이 박힌 제복의 병사들이 철통같은 경비를 맡고 있었다.

두 번째로 방문한 손님은 낯이 익은 얼굴이었다. 사정상 용기사단장을 대신해 부단장이 찾아왔다. 로베룬 왕국 드래곤 나이츠의 부단장 플로아 뷔렌이 대리 참석한 참이었다. 그녀는 직하의 2기사단을 대동하고 행렬을 이끌고 있었다.

"플로아 부단장이 왔다니, 심심하지는 않겠는걸."

"마마께서 아시는 분인가요?"

"알다마다. 지난번에는 꽤나 신세를 졌었지."

메를리니는 입가에 미소를 드리우며 다음 행렬을 지켜봤다.

용기사단 다음으로 진입한 손님도 꽤나 인상이 깊었다. 순백을 의미하는 금은 장식으로 치장을 한 그들은 신의 대리인을 자처하는 인파였다. 성국 루드란의 대주교 중 한 명인 도콘 아란드가 신도들과 함께 정숙한 걸음을 유지하고 있었다.

"유지니, 저 사람은 제법 잘생겼구나."

메를리니는 루드란 다음으로 들어오는 대표 인사를 가리켰다. 르보리아 왕국에 전례 없는 작위를 만들어 스스로 그 자리에 오른 사내였다. 공작보다 높은 지위이나, 국왕은 아닌, 대작이라는 호칭으로 불리는 갈릴리 에드라이었다.

갈색 단발에 맞추기라도 한 듯 갈색 빛깔의 옷차림, 사내답지 않은 새하얀 피부가 묘하게 매력적이었다. 그 깔끔한 얼굴의 이면에는 자신의 누이동생을 국왕의 아내로 들여 권력을 차지할 만큼의 욕망이 자리하고 있었다.

"갈릴리 에드라이. 젊은 나이에 권력을 손에 쥔 자. 제국의 판도도 그렇고 변화의 추가 거침없이 흘러가는 중이구나."

"마마의 말씀대로라면 저분도 그중 하나겠네요."

"그래. 이번에 들어오는 저자가 제국의 내전을 종결시킨 사내, 제국의 3재상 중 하나이자 황제의 최측근 레인 디너즈지. 여성처럼 길게 늘어뜨린 검은 장발에 가려진 야욕이 여기까지 전해지는 것 같구나."

메를리니는 계면쩍은 미소를 흘렸다.

"그 외에 다른 이들도 많지만, 역시 주요 인물들은 앞서 거론한 다섯 명. 아니, 정확히는 네 명이려나. 플로아 부단장은 안면이 있어서 운을 띄워본 것뿐이니."

"레인 디너즈가 전에 거론하신 바람이란 말씀이시죠?"

"응. 나와 마찬가지로 신의 축복을, 바람의 쌍둥이 여신의 가호를 받는 사내. 그를 비롯해 나머지 세 명 또한 각각 자국에서 입지가 높거나 전례 없는 인물들. 우리의 우군이 될지 혹은 반대가 될지, 확실히 구분선을 잡아 놓는 게 좋겠지."

"가끔 드는 생각이지만, 마마께서는 정말 왕태자비가 맞으신가 싶어요. 보통 왕태자비는 이런 걸 걱정하거나 대비하지는 않을 텐데……."

"그저 사랑에 굶주린 가녀린 여성일 뿐이지."

"예?"

"아니야. 혹시 모르니 방금 말했던 인사들에 대해 정보를 파악해 줘."

*　*　*

국왕의 생일을 축하하기 위해 방문한 귀빈들을 대접하는 일은 대대로 왕자의 몫이었다. 대단한 절차라기보다는, 그저 귀빈들의 숙소를 하나, 하나 찾아가 인사를 나누는 정도였다.

레이드는 미리 정해진 순서를 접어 두고 자신의 의사에 따라 외국의 인사들을 찾아갔다.

첫 번째로 만난 인물은 알테마리아 공화국의 자베 란브랄트였다. 요전번 얀즈루 협곡에서 흑족과 함께 마찰을 빚었던 공화국에 관심이 간 것이다.

레이드는 종교나 신앙적인 것을 필요 이상으로 탄압하고 배제해버리는 공화국의 사상에 대해 듣고 싶었다. 보통은 외교적인 사절로 높은 위치의 인물을 보낼 리가 만무했다. 그 점에서 이번 만남은 흔치 않은 기회였다.

"처음 뵙겠습니다. 루티아르 왕국의 왕태자 레이드 폰 루티아입니다."

"오, 이것이 루티아르 왕국의 전통이라는, 왕자의 마중입니까. 이렇게 만나 뵙게 되어 영광입니다, 왕태자 저하. 공화국의 건국 가문 중 하나인 란브랄트 가문의 가주, 자베 란브랄트 인사드립니다."

"어찌, 지내시는 데 불편함은 없으신지요."

"이보다 더한 환대가 있겠습니까. 왕태자 저하께서 직접 이렇게 대접해 주시는데 말입니다."

자베는 진득한 수염을 부드럽게 쓸어내리며 사람 좋은 미소를 지었다.

'잔혹, 냉담, 한 세력의 거두.'

세간에 떠돌고 있는 그에 대한 소문은 그런 느낌이었는데, 실제로 본모습은 평화로움 그 자체였다.

자베와 찻잔을 주고받으며 레이드는 소문이 무조건 진실이 아님을 다시금 깨달았다. 실제로 자베는 자신에 대한 세상의 평가에 대해서도 간략하게 언질을 했다.

"권좌에 오른다는 것은 시기와 질투의 대상이 된다는 것입니다. 그 자리가 문제인 것이지, 사람의 문제가 아니지요. 그들은 이 자리에 앉아 있는 자를 대상으로 삼을 뿐. 사실 이 자리에 제가 아닌 다른 자가 있었다고 해도 결과는 같았겠지요."

"그렇군요."

"아, 물론 저의 죄를 다 부정하는 것은 아닙니다. 모든 일이 누구 하나가 이득을 보면 누구 하나는 손해를 보는 것이라. 제가 이끌었던 정책에서도 찬반이 갈리는 건 어쩔 수 없었습니다. 결과적으로 피해를 입게 된 이들이 저를 욕하는 것도 부정할 수 없는 사실이지요."

레이드는 대답 대신 고개를 끄덕여 반응을 보였다.

자베가 턱수염을 어루만졌다.

"왕태자 저하께서도 언제고 루티아르의 왕좌에 오르실 분. 때로 세상이 옳다고 하는 것을, 자신의 우군 때문에 못할 때도 생기실 것입니다. 반대로 우군을 위해 어쩔 수 없이 한 일을 세상에선 욕할 수도 있겠지요. 그 흑백을 잘 가리시는 게 앞으로나, 현 시점에서나 중요한 기로가 되실 것입니다."

"흑백이라…… 좋은 충고 감사드립니다."

조언만 들은 꼴이 됐지만 결코 나쁘지 않은 조언이었다. 공화국의 신앙 탄압에 대해서도 물어보고 싶었지만 시간이 그리 많지 않았다.

"그럼 이만, 다음에 다시 뵙도록 하겠습니다. 편히 쉬시지요."

레이드가 자리에서 일어나자, 자베가 엄숙한 어조로 덧붙였다.

"흑족과의 연계성은 잘 모르겠습니다만, 그 또한 흑백의 논리 중 하나. 굳이 일을 크게 만들 필요 있겠습니까. 왕태자 저하께나 저희 측에나 서로 들춰내봐야 득 될 건 없겠지요. 즐거운 시간이었습니다."

"……."

레이드는 어색하게 미소 지으며 방을 나섰다.

다음 귀빈을 만나러 복도를 거닐던 중, 직접 방까지 찾아갈 필요가 없을 상황이 펼쳐졌다.

바람의 재상이라고 불리는 레인 디너즈가 자베를 만나기 위해 걸어오던 중이었다. 귀빈에 대한 왕자의 예우는 어디까지나 얼굴을 보고 환영 인사를 하기 위함. 굳이 방이 아니더라도 만났으면 의미는 채워진다.

먼저 알아본 레인이 정중히 고개를 조아렸다.

"이렇게 뵙게 되는군요. 다이헤르 제국의 재상 레인 디너즈라고 합니다."

"루티아르 왕국의 왕태자 레이드 폰 루티아입니다."

제국의 내전을 종결시키고 현 황제를 등극시킨 일등 공신. 그 외에도 수많은 수식어가 뒤따르는 인물. 겉모습만 놓고 봐도 레이드와 비슷한 연배인 사내.

그런 점이 레이드의 시기심을 자극한 것일까. 존중되면서도 한편으로는 불편한 기분이 들었다.

"왕자의 마중을 하고 계셨나 봅니다."

"예. 란브랄트 공을 만나 뵙고 나오는 길입니다."

"저도 흑사자라고 불리는 자베 가주님을 뵈러 가던 참이었지만. 이것도 인연. 왕태자님을 먼저 뵙게 된 것에 감사드리는 바입니다."

반가워하는 모습이었지만 진심이 느껴지진 않았다.

레이드가 보기에 레인이라는 사내는 자베와는 정반대의 성향이었다. 내뱉는 말은 경외의 의미를 담았지만, 진실로 상대를 존중하는 것 같진 않았다.

"요전번에 왕태자비께서 저희 제국 관할의 도시 사피에를 방문하셨다고 들었습니다."

"아, 비궁으로부터 전해 들었습니다. 사피에가 상업 도시 이외에도 여러모로 관광 및 주거가 발달한 곳이라고 칭찬하더군요."

"태제 전하께서도 에티로카에서부터 사피에까지 많은

도움을 받으셨다며, 다음에 두 분께 대접해드리고 싶다고 하시더군요. 언제 기회가 되면 태제 전하와 함께 사피에에서 식사라도 하시지요. 여러모로 유익한 자리가 될 것입니다."

레인은 유독 '태제 전하'를 강조했다. 3황자의 신분으로 메를리니를 만났던 아르펜 폰 이틀로이하. 이제 그는 2황자가 제위하면서 태제로 불리게 되었다. 그런 그를 굳이 강조할 필요가 있었을까.

레이드는 겉으로는 웃고 있었지만 속은 편치 못했다. 그도 두 눈, 두 귀가 달린 인간이거늘. 어찌 그때 들었던 일들을 그냥 넘기겠는가.

아무리 격식을 갖춘 것이라 해도 루티아르의 왕태자비가 다이헤르의 황자와 춤을 췄다는 소식에서부터. 자신이 모르는 곳에서 에티로카의 상권이 오갔다든가. 영 꺼림칙했었다.

레이드는 애써 미소를 지어 보이며 인사치레를 했다.

"예. 언제 한번 찾아뵙겠습니다."

"예. 그럼 저도 이만."

레인은 정중히 인사하고 자베의 방으로 향했다. 그가 스쳐 가면서 보일 듯 말 듯 내비친 미소를 레이드는 놓치지 않았다.

"……."

레이드는 짜증스러운 기색을 얼굴에 드러내지 않도록 많은 노력을 해야 했다. 이후로 다른 귀빈들을 만나는 내내 제국의 젊은 재상에 대한 생각을 가졌다. 귀빈들을 만날 때는 밝은 표정을 지어 보였지만 속은 문드러질 지경이었다.

저녁 무렵이 되어서야 모든 접대가 끝났다. 마지막 귀빈을 대접하고 나오는 길, 레이드는 주먹을 불끈 쥐며 인상을 찌푸렸다.

"만약 내 화를 돋울 의도였다면, 재상, 당신의 승리로군…… 후우. 왕태자비궁으로 가겠다. 너희는 따라오지 말거라."

"네."

레이드는 궁인들을 물리고 홀로 왕태자비궁으로 찾아왔다. 그리고 조심스레 메를리니의 방으로 들어섰다.

흔들의자에 앉은 채 새근새근 잠자고 있는 메를리니의 모습이 보였다.

붉은 실처럼 늘어져 있는 머릿결 사이로 새하얀 피부를 드러낸 얼굴…… 그 얼굴을 보고 있노라면 이 세상의 모든 죄악과 더러움이 씻겨질 것만 같았다. 그러나 그 감정이 클

수록 레이드 자신을 옥죄는 답답함도 커져 버렸다.

국가 간의 문제로 제국의 황자와 예의상의 퍼포먼스를 보일 수도 있었고, 아무도 모르게 왕국의 남부 상권에 영향을 주려고 계획을 꾸며도 됐고, 정체를 알 수 없는 신비한 힘으로 자신의 몸을 보호해도 무방했다.

그런 이유가 수십, 수백 가지가 있더라도 제국의 재상의 그런 발언에 화가 나진 않았을 것이다.

'왜…… 하필이면, 당신이 증오하는 대상이 그분이란 말인가…….'

자신이 알지 못하는 아내의 행동 등이 모두 중구난방인 것 같아도, 에카스가 말했던 그 이유만 현실로 받아들인다면 모든 게 한 점으로 모여지는 이야기들이었다.

그래서 메를리니에게 용사의 이야기를 꺼냈던 것이고, 그녀는 한 차의 오차 없이 레이드가 바라지 않았던 모습을 현실로 만들어 주었다.

"그래도 방법이 있겠지. 있을 것이야. 그래, 우리는 이렇게 바보 같은 결말을 만들어선 안 돼. 내가 반드시 올바른 현실로 만들 것이야……."

레이드는 메를리니 앞에서 중얼거리듯 뭐라 몇 마디를 흘렸다. 이미 깊은 잠에 들어 있는 메를리니가 듣지 못하기에, 그래서 할 수 있는 혼자만의 속삭임이었다. 나지막한 목소리 사이로 레이드의 눈물이 바닥 시트로 떨어졌다.

"내가 어떻게 해서든……."

그리고 레이드는 힘없이 방을 나섰다.

남편이 조심스럽게 방을 빠져나가고 얼마 지나지 않아, 메를리니의 눈동자가 스르르 떠졌다. 그녀는 애환이 담긴 얼굴로 물기 어린 눈을 몇 번 깜빡거렸다.

'당신이 그렇게 갈팡질팡하기 때문에, 나도 이렇게 갈팡질팡하는 걸까요? 레이드…… 저를 원망하세요. 당신은 그럴 자격이 충분하니까요…….'

*　　*　　*

메를리니는 모처럼 혼자 있고 싶었다. 요즘 들어 신경이 예민해지고 피로가 쌓여가는 기분이었다. 레이드와의 관계가 소원해질수록 메를리니의 가슴도 저몄다. 그를 사랑하는 마음이 그만큼 깊다는 반증이었다.

"유지니, 이르에. 오늘은 나 혼자 있고 싶어."

화창한 오후 무렵의 어느 날.

메를리니는 홀로 돌아다녀 볼 참이었다. 그녀의 의지가

어찌나 확고한지 수행원들도 따라붙지 않았다. 그저 눈치채지 못하도록 일정 거리를 두고 미행을 했을 뿐.

메를리니는 허름한 옷차림으로 수도 레필타의 이곳저곳을 누볐다. 그녀를 상징하는 붉은 머리카락도 후드를 눌러쓰니 전혀 티가 나지 않았다. 흔하디흔한 평민 여인처럼 돌아다니니 누구 하나 알아보지 못했다.

"이처럼 결국 나도 한 명의 인간일 뿐이겠지……."

문득, 명예? 권력? 복수? 새삼 그런 게 다 무슨 소용일까 싶었다. 그렇다고 사랑이나 행복, 용서 같은 그런 감정이라도 품어야 하는 걸까. 그건 또 아닌 것 같았다.

"후우……."

국왕의 탄생일을 바탕으로 레필타의 백성들도 축제 분위기였다. 백성들의 환한 웃음이 메를리니의 눈과 귀를 적셨다.

그때, 웬 꼬마 아이가 달려와 메를리니에게 부딪혔다. 반동을 못 이긴 메를리니는 그만 땅바닥에 엉덩방아를 찧었다.

"아고…… 꼬마야, 괜찮니?"

"아, 네, 죄, 죄송해요."

"괜찮아. 일어나는 걸 좀 도와주겠니?"

"네, 네!"

메를리니는 꼬마의 손을 잡고 으차, 일어났다. 메를리니의 가슴께에 닿을 법한 키의 꼬마는 빵모자를 눌러쓰고 얼굴을 붉혔다. 그런 꼬마를 안심시키듯 메를리니는 천천히 자세를 낮추며 꼬마와 눈높이를 맞췄다.

이런 비슷한 상황을 이전에도 겪었던 것 같았다. 그래, 유지니와의 첫 만남도 이번과 엇비슷한 경우였다. 그렇게 생각하니 괜스레 입가에 미소가 실렸다.

"어디를 그리 바쁘게 가고 있었던 거니?"

"공연이 있다고 해서 보러 가는 중이었어요!"

"공연? 어떤 공연?"

"검은 신사와 아가씨 공연이요! 제국 사절단과 함께 온, 엄청 유명한 극단이래요! 히히."

검은 신사와 아가씨. 다이헤르 제국의 수많은 극단 중에서도 특히 관록이 깊은 이들이었다.

메를리니도 회귀하기 전에 딱 한 번 구경해봤는데, 인상이 깊어서 언제 또 한 번 보고 싶단 마음을 가지고 있었다. 마침 은밀하게 뒤따르고 있던 유지니나 이르에에게도 보여주고 싶기도 했다.

메를리니는 어깨를 으쓱하며 꼬마와 함께 검은 신사와

아가씨가 펼치는 공연을 보러 갔다.

공연 무대가 가까워질수록 인파가 북적거렸고, 극단의 목소리와 음악소리도 선명해졌다. 그러나 무대 앞은 이미 사람들로 가득 차서 공연을 구경하기가 쉽지 않았다.

"걱정 마세요! 제가 좋은 자리를 알아요!"

꼬마는 메를리니를 이끌고 근처 계단에 자리를 잡았다. 다른 계단에는 사람이 많았는데 유독 8번째에서 12번째까지는 사람이 없었다.

"저주받은 자리라고 사람들이 피하는 곳이에요."

"저주?"

"네. 옛날부터 그런 소문이 있었어요. 저는 별로 상관하지 않지만요. 아, 혹시 불편하시면 다른 데로……."

"아니야. 괜찮아. 이제 저주라든가 하는 건 내게 문제가 안 된단다. 명당까지 안내해 줘서 고맙구나."

메를리니는 꼬마의 머리를 쓰다듬어주었다.

꼬마는 얼굴이 빨개져선 공연으로 눈길을 돌렸다.

메를리니도 극단의 공연 무대를 바라보며 싱긋 웃었다. 이전의 삶에서 즐겁게 봤던 연극 무대는 지금에도 즐거움을 선사해 주었다.

검은 신사가 귀족 집안의 아가씨를 짝사랑하는 이야기.

그리고 그 짝사랑이 결실을 맺는 단순명료하면서도 애틋한 이야기. 검은 신사와 아가씨가 입맞춤을 나누면서 연극 무대는 끝을 맺었다.

"사랑 이야기의 이면에는 혁명가와 기존 기득권층의 입장이 존재했었지. 역시 다시 봐도 나쁘진 않은걸."

연극 무대가 성황리에 막을 내리자 구경꾼들이 환호성을 쏟아 냈다. 어느새 꼬마도 그 인파 속으로 사라져 어울렸다.

계단에 있었던 모든 이들이 무대로 달려가고, 혼자 남은 메를리니는 멀리서 극단원들이 정중히 인사하는 걸 지켜봤다.

그들의 마지막 즉석 퍼포먼스에 관객들은 발을 동동 구르며 좋아했다.

극단이 슬슬 해산할 즈음, 메를리니는 관객들이 발산하는 뜨거운 열기를 뒤로 했다.

"나라의 행복에 백성도 행복. 나라의 불행에 백성도 불행. 검은 신사가 혁명을 주장했던 이유 중 하나였지. 나도 처음에는 그저 복수만을 위해 살아야겠지 싶었지만, 그 과정 속에서 무수히 많은 연결 고리를 잇게 돼버렸어. 그때는 보이지 않았던 것들이 이제는 생생하게 보이기 시작해."

일정 거리를 두고 쫓아오던 이르에나 유지니를 위시한 말이었을까. 메를리니는 혼잣말로 중얼거리듯 읊조리며 한 계단씩 올라갔다. 그때 다소 거친 바람이 불어온 건 단순히 우연이었을까.

정면에서 불어온 바람에 몸의 중심이 뒤로 살짝 쏠렸다. 이내 겨우 진정시키고 균형을 맞추려 했지만, 그만 발을 헛디디면서 자세가 무너졌다. 계단 밑쪽에서 이르에와 유지니가 나타났지만 이미 늦었다.

종목걸이를 이용해야 하나 싶은 찰나.

메를리니의 몸이 붕 뜬 것처럼 허공에서 멈췄다. 뭔가 싶어 얼떨떨해하는 가운데, 그녀를 받쳐주었던 공기의 형태가 사람의 모습으로 변해 갔다. 별안간 메를리니는 웬 사내에게 공주님처럼 안기는 꼴이 되었다.

"……."

"괜찮으십니까?"

"아아, 네. 고마워요."

바람이 인간의 형상으로 바뀐 듯한 느낌. 단순한 착각이 아니었다. 하지만 메를리니가 알기로 그런 마법은 듣도 보도 못한 종류였다.

"저, 일단, 내려주시면……."

"아아, 예. 제가 미처 경황이 없었습니다."

사내는 조심스럽게 메를리니를 내려놔주었다.

살포시 계단 위로 착지한 메를리니는 그제야 사내의 이모저모를 살펴볼 수 있었다.

은색 테두리로 치장된 검은 빛깔의 옷차림하며, 남자치고는 길게 늘어뜨린 검은 장발이 인상적이었다. 아니, 복장과 상황 때문에 바로 알아채지 못했지만, 그는 바람의 재상이라고 불리는 레인 디너즈였다.

그 괴리는 레인 또한 막 깨달은 참이었다. 바다에 맺힌 석양처럼 붉은 머릿결의 여인. 그러한 자태는 그녀가 세간에 제법 유명세를 떨치고 있는 붉은 왕태자비란 증명이었으니까.

"제국의 재상 레인 디너즈가 메를리니 폰 루티아 왕태자비님을 뵙습니다."

"저야말로 이런 곳에서 재상님의 도움을 받게 될 줄은 몰랐네요."

"하하하, 별말씀을 다. 왕태자비님, 괜찮으시다면 조금 걸으시겠습니까?"

"네. 슬슬 저도 왕궁으로 돌아갈 참이었어요."

타국 귀빈들의 숙소가 왕궁 내에 비치돼 있었으니, 어차피 둘이 가는 방향은 같았다.

왕궁으로 향하는 동안 몇몇 백성들이 메를리니를 알아보고 경외의 인사를 올렸다. 때로 메를리니는 백성들을 구휼하기도 했던지라 그 인망이 제법 두터웠다.

남부에서 얻은 자원을 운용해 마련한 자금을 개인 군사력보다는 국민들의 신임을 얻는 데 활용한 덕이었다.

자원이 흘러들어온 경유가 제국에 뿌리를 둔 그랑디아와 연관이 있었던 만큼, 레인도 메를리니의 자금력에 대해 얼추 파악은 해 놓은 터였다.

자국의 백성을 돕는 데 자금을 사용하는 여인. 그 의도가 어떤 것이든 그냥 외면할 수만은 없었다. 더욱이 그녀의 목에 걸린 종목걸이가 자신의 검 두 자루와 공명하고 있는 한.

"백성들로부터 신망이 두터우시군요."

"과찬이세요."

메를리니는 한 손으로 앞머리를 쓸어 넘겼다. 환하게 드러난 새하얀 이마만큼이나 해맑은 얼굴을 하고 있었다. 아무 생각 없이 바라본다면 그 미소에 넋을 잃을 아름다움이었다. 과연 미모만으로 왕태자의 마음을 사로잡았다는 소문이 과장만은 아니었다.

레인은 조심스레 운을 뗐다.

“듣자 하니 왕태자님과의 첫 만남이 운명적 결실이었다던데, 과연 그 운명의 실이 와 닿을 미모이십니다. 미의 여신이 존재한다면 울고 갈 정도로.”

“과찬이세요.”

“하하하, 제가 거짓말은 잘 못하는 성격입니다. 어디, 그럼, 좋습니다. 왕태자비님의 아름다운 자태에 축복을 드리는 겸, 왕태자비님께서 원하시는 걸 하나 들어드리겠습니다. 단, 제가 가능한 허용 범위에서입니다.”

메를리니는 망설임 없이 레인의 허리춤에 메고 있던 검 두 자루를 가리켰다. 바람의 쌍둥이여신의 가호를 받았다는 쌍검을.

레인은 쌍검을 만지작거리더니 칼집에서 뽑아 들었다. 한 손에 하나씩 검을 쥐자 주변 공기의 흐름이 변화했다. 마치 레인의 몸을 바람의 기운이 감싸듯 기류의 흔적이 뒤바뀌었다.

“과연 바람의 쌍검다운 위용이에요.”

그렇게 말하면서 짝짝, 박수를 쳐주는 등, 칭찬을 아끼지 않았다.

레인은 멋쩍게 웃음을 흘렸다.

"과찬이십니다. 그러는 왕태자비께서도 제 것 못지않은 신물을 갖고 계시지 않습니까. 왕태자비께서 공명으로 눈치를 채신 것처럼 저 또한 신물의 기운을 느꼈습니다. 탄생의 여신께서 선사한 신물, 여신의 종 말입니다."

"네. 뭐, 그렇죠."

거기까지는 어차피 숨겨도 숨기지 못하는 요소였다. 신물임을 순순히 인정하면서도, 단 하나만큼은 밝히지 않았다.

메를리니의 신물인 여신의 종은, 탄생의 여신 루비아나뿐만 아니라 죽음의 신 토빌메의 축복도 함께였다. 그녀는 머시안의 탑에서 그 지식을 전해 받은 상태였다.

레인은 조용히 검을 칼집으로 회수했다.

"오늘의 만남은 정말 유익한 시간이었던 것 같습니다. 태제 전하께 들었던 대로 총명한 분이심을 다시금 깨닫습니다."

"저야말로 제국의 숨결 중 하나라는 바람의 재상을 뵙게 되어 영광이었어요."

심상치 않은 바람의 변화를 감지한 양측의 무리가 몰려나왔다. 경계도, 위협도 없었지만 더 이상 일국의 재상이나 왕태자비가 심심풀이로 혼자 돌아다닐 상황은 되지 못했다.

레인이 먼저 무리를 이끌고 자리를 물렸다. 잇따라 메를리니도 이르에와 유지니, 그리고 호위병들에게 미행을 했었냐는 등의 형식적 꾸지람을 하며 발길을 돌렸다.

* * *

메를리니와 레인이 다시 만난 건 무도회장에서였다.

정식으로 귀빈들이 초대 받은 자리였다. 각국의 정계 인사들이 모두 모인 왕궁 무도회장은 전에 없던 호화로움으로 가득했다,

부드러운 음색이 귓가를 적시는 것만으로 사람들의 입가에 미소가 실렸다. 모두가 각국에서 내로라하는 대단한 인물들이었고, 그들에 대한 대우는 단연 최고였다.

무도회장에 준비된 만찬만 해도 루티아르 왕국의 특산물로 만든 음식에서부터, 전 세계를 대표하는 음식들로 알차게 꾸며져 있었다.

그 화려한 무대 바깥으로, 한창 가는 빗방울이 심심찮게 떨어지고 있었다. 빗물에 촉촉이 젖어드는 창문을 바라보며 우수에 잠기는 사람들도 더러 있었다.

일부러 무도회장 밖으로 나가 비를 맞는 우스꽝스러운 인사도 있었으니, 바람의 재상 레인이었다.

그런 특이한 행동이 아니더라도 충분히 모두의 이목을 끌 법한 위치였음에도 그는 그런 기괴한 행동을 펼쳐 보였다.

그러다 보니 창가에 기대 선 채 젊은 재상의 모습을 살피는 여성들도 부쩍 많았다.

검은 장발에 깨끗한 외모, 그리고 감수성이 풍부한 분위기가 여성들의 마음을 이끌었다. 무도회장의 주인공은 그가 아니었지만, 그의 존재는 단연 부각되었다.

"특이함에서 돋아나는 천재성인가."

메를리니도 창가 너머로 레인의 모습을 바라보는 중이었다. 지난날 만났을 때도 느꼈지만, 과연 남다른 기재의 소유자였다.

모두의 이목이 레인이라는 한 남자에게 쏠린 시점.

메를리니처럼 흥미로운 눈빛으로 보던 사람도 있었고, 동경의 눈동자를 밝힌 사람도 있었거니와, 잔뜩 경계하는 인물도 많았다.

그리고 경계와는 미묘하게 다른, 분노의 감정으로 노려보는 이가 한 명 있었다. 왕태자 레이드였다.

이윽고 레인이 시종에게 받은 천으로 머리를 훔치며 들어왔을 때, 레이드가 레인을 스쳐서 바깥으로 나갔다.

레인의 감정에 의아함이 감돈 것도 잠시, 레이드가 용사의 검을 꺼내서 검무를 펼치기 시작했다. 레인에게 집중됐던 시선은 그대로 레이드에게 쏟아졌다.

레인은 피식 보일 듯 말 듯 웃음을 머금었다. 이내 그는 흘끗 메를리니를 쳐다봤다. 어느새 메를리니의 시선 또한 레이드에게로 향하고 있었다.

"이런 전개도 가능한가 보군."

레인은 혼잣말을 속삭이며 구석에 자리를 잡았다.

그쯤 작은 탄성이 여기저기서 튀어나왔다. 레이드가 지닌 용사의 검 또한 신물이라면 신물. 그 주인의 마음에 공명하듯 청명한 빛을 발했다.

움직이는 빛 덩어리는 빗속을 활보하듯 돋보이는 모습을 보였다. 햇빛이 구름에 가려져 살짝 어두운 바깥의 풍경은 더욱 빛을 강렬하게 만들어 주었다.

레이드는 검무에만 집중하듯 현란한 몸놀림을 선보였다. 마치 아버지의 생일을 축하하는 듯, 그러나 실제로 그의 아련한 눈빛은 하나만을 바라보고 있었다.

오로지 한 사람만을 바라봤다. 그 시선을 느낀 것 또한

단 한 사람뿐이었다. 자신을 바라보고 있었기에.

메를리니는 지그시 눈을 감았다 떴다.

제4장

비극적 사냥 무대

『감히 상상조차 할 수 없는 대 사건이 벌어졌다. 행여 상상을 한 자가 있다면, 그런 생각을 품은 자가 있다면 그는 대역 죄인일 것이다. 그러나 누군가는 야수의 입속에 손을 넣었다가 뺐을 대담하고도 악랄한 심성을 품고 있었다.

－루티아르 서기관 야네 루토의 회고 中－』

머리가 몹시 아팠다. 찌릿찌릿하고 둔탁한 통증이 계속됐다. 한 번은 머릿속에 녹색의 독물이 스며들어서 그런가? 싶기도 했다. 머리를 쥐어짜서 그 녹색 물을 다 빼버리면 나아질까? 하는 막연한 망상도 해 봤다.

머리를 찢어 버리고 싶은 충동이 들 정도로 고통스러워서 여러 차례 벽에 머리를 들이받기를 수 번. 딱딱한 벽과 이마가 맞부딪치면서 그 충격으로 잠시 고통을 잊었지만 금세 고통이 머리에서부터 온몸의 감각을 잠식해들었다.

"젠장! 그만! 이제 그만하란 말이다!"

쿵! 쿵!

머리를 수차례 벽에 갖다 박았다. 이젠 그러는 것만으로는 좀처럼 나아지지도 않았다. 주먹으로 이마를 때려서라도 고통을 잊고 싶었다. 한참을 그런 뒤에야 제 풀에 지쳐서 침대에 포개졌다.

"아으으……."

머리에 이는 숨 가쁜 통증에 미쳐버릴 지경이었다.

이윽고 궁인들이 들어와 약을 내밀었지만 신경질적으로 내쳐버렸다. 궁인들을 내쫓고 다시 혼자 남은 레이드는 숨을 몰아쉬며 머리의 통증을 가다듬었다.

"젠장…… 하아……."

지난날, 비를 맞으며 검무를 췄다가 감기에 걸린 것부터 문제였다. 거기에 취기까지 도니 도저히 제정신일 수 없었다.

지금껏 이토록 두통에 시달린 적은 없었다. 이대로는 무엇이든 눈에 보이는 모든 걸 부숴 버리지 않고선 성에 안 찰 지경이었다. 애수에 젖었던 그녀의 눈빛을 떠올리면 정말이지 미쳐버릴 것 같았다.

"하아…… 하아……."

겨우 침대에서 일어나 몸을 가누었다. 찢어질 듯 격통이 느껴지는 머리를 매만지며 연신 비틀거렸다. 문득 그런 생각이 든다. 무엇을 잘못하여 이토록 괴로워해야 하는 것인가. 무엇이 자신을 이렇게 몰아세우고 있는 것인가.

사랑하는 이에게 사랑을 받았음은 분명했다. 멋진 모습을 보여 주고 싶었고 또 그렇게 행해 왔다.

"나는 당신에게 뭐지……?"

혼잣말을 중얼거리며 인상을 찌푸렸다. 더없이 일그러진 표정으로, 벽 언저리에 놔뒀던 용사의 검을 집어 들었다.

눈에 보이는 모든 물건을 베어 버리거나, 형체를 알 수 없게 부숴 버렸다. 방 안의 모든 형태를 뭉개버리고 싶었다.

"대체 내가 뭘 잘못했단 말인가…… 대체 뭘 잘못했기에 이런 시련을 주는 것이냐고! 나는 이 나라의 왕태자다! 신의 장난이 대체 뭐냔 말이다!"

거기까지 생각했을 때, 자신이 들고 있던 검에게로 시선이 내려갔다.

"그래. 이것도 신과 관련된 물건이었지…… 대체 이따위게 무엇이기에…… 이런 비극을 낳는 것이냐……."

레이드는 신경질적으로 검을 집어던졌다. 때마침 문을

열고 들어오던 메를리니의 귓가 바로 옆으로 검이 박혔다.

벽 언저리에 박힌 검이 흔들거렸다. 이내 뚝 하고 멈춘 검의 끝자락을 따라 메를리니의 시선이 레이드에게로 향했다.

두 사람은 멀뚱히 서로를 마주 보았다. 레이드의 불길 같던 눈빛도 어느새 힘을 잃고 축 처져 버렸다. 둘은 애절한 눈빛으로 서로를 쳐다보며 아무 말도 하지 않았다.

긴 적막을 먼저 깬 것은 레이드였다.

"비궁."

"네."

"비궁은 대체 무얼 원하는 것이오?"

비틀거리면서도 한 걸음씩을 내디뎠다.

레이드가 다가올수록 메를리니의 표정에 짙은 그늘이 생겼다. 기분이 상해서 비롯되는 어둠은 아니었다. 그녀의 마음이 괴롭다는 걸 뜻하는 검은 면이었다.

"왜 그러시오? 내가 무슨 잘못이라도 했소?"

"저하야말로 왜 그러시는 것입니까. 당신은 이런 사람이 아니잖아요."

"내가 무얼 했단 말이오? 대체 내가, 내가 무얼 했단 것이오?"

"……."

바로 앞에서 멈춰 선 레이드의 눈동자는 한없이 슬퍼 보였다. 눈물을 흘리지 않았을 뿐, 눈은 눈물범벅이 된 것처럼 애처로웠다. 그는 벽면에 박혀 있던 검을 빼내서 바닥으로 던져 버렸다. 검이 바닥에 떨어지듯 메를리니의 가슴도 내려앉았다.

레이드의 눈초리가 파르르 떨며 올라갔다.

"비궁은 시도 때도 없이 바깥을 돌아다녔었지. 비궁이 유리 그림자 산맥에서 은랑이라는 성수를 만났단 것이나, 지방의 영주들이나 수도의 귀족들을 만나고 있단 사실도 다 알고 있소. 에티로카에서는 외숙부의 세력과 대적했다지?"

"……."

"그것도 모자라 한 번은 제국의 황자와 만났다질 않나. 이번에는 바람의 재상과 어울렸다더군. 그래. 어머님의 아들인 나로서는 안 되는 거였소? 나는 고작 비궁의 복수를 위한 수단이었으니까?"

"……많이 취하셨습니다."

"말 돌리지 마시오! 젠장! 나는 체스 말이 아니란 말이오!"

"부디……."

"이것 놓으시오!"

레이드는 메를리니의 손을 뿌리치고 침상으로 걸어갔다. 비틀거리다가 바닥에 넘어지고, 다시 또 넘어지고. 두통으로 머리를 어루만지며 소리를 질렀다.

바닥을 기어서라도 침대까지 다가갔다. 이불에 머리를 파묻고 울분을 토해 냈다. 안 그러면 정말 미쳐서 정신을 놓을 것만 같았다.

메를리니는 입술을 짓씹었다. 슬퍼하는 남편을 지켜보는 게 괴로웠다. 그가 왜 힘들어하는지 알기에, 그 이유가 어디서 비롯되었는지 알기에.

이내 그녀는 조심스레 레이드의 등을 안아주었다. 더 무엇을 할 수 있을까. 그가 원하는 게 무엇인지 알지만, 머나먼 길을 돌아온 지금. 그의 바람을 마냥 들어줄 수만도 없었다. 그녀는 남편의 등에 뺨을 가지런히 맞대고 숨을 내쉬었다.

그 순간, 레이드가 벌떡 일어나 메를리니를 내쳤다.

"악!"

외마디 비명과 함께 메를리니는 고통을 꾹 참았다. 간신히 균형을 잡으려다가 바닥을 잘못 짚어 손목을 접질리고 말았다.

"……."

고통을 겨우 참아 냈다. 축 늘어진 손목을 이끌고 레이드의 방을 나서기로 했다. 더는 그에게 근심거리를 주고 싶지 않았다. 적어도 이 순간만큼은.

그때 레이드가 달려와 메를리니의 손목을 살폈다.

"……."

"……."

누구 하나 입 밖으로 말을 꺼내지 않았다. 정적이 두 사람 사이를 가로지르듯 스쳐 간다. 메를리니가 접질린 손목을 한 손으로 쓸어보니 다시 거리감이 생겼다.

시간이 멈춘 듯 공기 중으로 가쁜 호흡만이 남았다. 문이 열렸다가 스르르 쿵, 닫히고, 홀로 남은 한 명은 바닥에 주저앉았다.

"대체 나는 무엇을……."

지끈거렸던 머리가 다시 아파왔다.

* * *

이튿날, 두 사람의 비극적인 엇갈림을 뒤로한 채 왕국의 행사는 어김없이 진행되었다.

무도회장에서 루투스 국왕이 밝혔던 대로 유명 인사들을 모아 놓고 사냥 대회가 열렸다.

레이드와 메를리니도 입장이 입장이었던 지라 함께 사냥 대회에 참석했다. 주변 사람들에게는 애틋한 부부처럼 보였지만, 실상 두 사람 사이에는 보이지 않는 벽이 존재했다.

사랑이 무르익을 겨를도 없이 찾아온 오해와 원망. 그리고 질투, 시기, 미움. 그 무엇 하나 올바른 방향으로 나아가는 게 없었다.

어젯밤 뒤틀린 분노가 어긋난 과녁으로 향했을 때도 그랬고, 앞으로도 쭉. 메를리니가 멈추지 않는 한, 레이드의 가슴속 응어리는 누그러지기 힘들 것이다.

"비궁, 언제고 내가 바라는 때가 올 거라 믿소. 그러니 오늘은 잘 지켜보시오. 내 기필코 오늘 사냥 대회에서 최고의 자리에 올라 서 보일 테니."

지금 시점에서 레이드가 할 수 있는 일은 선명하지 않았다. 그저 어떻게든 메를리니의 마음이 떠나지 않도록 붙잡는 것. 어제의 그 추태로 비롯된 미안함을 해소시키는 것. 앞으로 두 사람이 나아갈 길을 지탱하는 것뿐.

"이랴! 가자!"

레이드는 몇몇 기사들을 대동하고 출발했다. 그의 뒷모습을 바라보며 메를리니는 허탈한 미소를 지었다. 그의 아픔을 너무도 잘 알기에, 그래서 미안하다는 말조차도 사치일 뿐이었다.

"우리도 출발하죠."

"예, 마마."

메를리니는 사냥 대회 자체에는 별 관심이 없었다. 딱히 우승이라든가, 훌륭한 성과를 낸다든가, 그런 실력도 되지 못했다. 설사 뛰어난 사냥 솜씨를 뽐낼 수 있었어도 별로 그러고 싶지 않았다.

"천천히 산책하듯이 돌아다니도록 해요."

사냥터로 정해진 왕국 동부의 숲은 여러 나무로 치장된 곳이었다.

메를리니는 말에서 내려서고는 살며시 나무에 기대 향을 맡아봤다. 산뜻한 향기가 코끝을 스쳐 가니 한결 마음이 편안해졌다.

"유지니들과 이런 자연경관을 함께 나누지 못한 게 아쉬운걸."

유지니를 비롯해 최측근들은 모두 임무를 위해 파견을

보낸 상태였다. 그 정도로 시아버님인 루투스 국왕의 생일 행사는 상당한 변환점이었다.

각국의 동향, 특히 다이헤르 제국의 향방이 중요했다. 많이 균형점을 잡긴 했지만 아직은 제국의 안정을 도모해야 하는 이때, 가장 큰 주축인 바람의 재상이 자리를 비운 게 미심쩍었다.

메를리니는 나무의 결을 따라 하늘을 향해 고개를 들었다. 나무의 푸르른 머리를 올려다보다가 천천히 시선을 아래로 내렸다. 여신의 종이 주황색 빛을 핑핑 내뿜고 있었다.

그쯤 저 멀리서부터 조용한 걸음으로 뭔가가 다가오는 게 보였다.

여신의 종에서 발하는 빛이 이제는 빨갛게 물들었다.

집채만 한 크기의 호랑이가 으르렁거리며 눈을 부라렸다. 어찌나 덩치가 크고 생긴 게 우악스럽던지 바라만 봐도 오금이 저릴 정도였다.

호랑이에게 달려든 호위병들이 순식간에 땅바닥으로 고꾸라졌다. 뒤이어 덤벼든 기사도 호랑이의 일격에 쓰러지자, 누구도 감히 선불리 나서지 못했다.

"영광의 숨결."

메를리니의 나지막한 목소리가 발하자 호랑이 주변으로 얇은 막 같은 게 생겨났다. 호랑이는 고개를 갸웃하며 투명한 막을 툭툭 건드려봤다. 의외로 막이 단단해서 성난 호랑이가 진심으로 들이받아도 제법 버텨냈다.

"그리 오래는 못 버티겠지. 자, 도망칩시다."

메를리니의 지시에 따라 일행은 서둘러 움직였다. 그들은 쓰러져 있던 이들도 챙겨서 후다닥 도망쳤다.

당장 호랑이에게서 벗어나는 게 최우선이었다. 그러나 잔뜩 뿔이 난 호랑이가 막을 뚫고 쫓아오자 금방 따라잡혀 버렸다.

호위병들이 황급히 메를리니를 뒤로 물리고 호랑이에게 대적하려고 한 순간.

공기의 흐름이 이질적으로 변하나 싶더니 곧 매섭게 차올랐다. 거세게 일렁이던 바람이 마치 대포처럼 폭음을 일으키며 호랑이의 가슴팍을 가격했다. 호랑이는 숨이 턱 막힌 듯 고통을 토해내며 주저앉았다.

이윽고 호랑이가 도망간 자리로 바람의 재상 레인이 모습을 드러냈다. 그는 빙그레 웃는 얼굴로 메를리니에게 인사를 건넸다.

"왕태자비님, 어디 다치신 곳은 없으십니까."

"후우……."

메를리니는 이마를 되짚으며 숨을 가다듬었다. 하필이면 또 저자에게 도움을 받다니. 정말이지 이제는 이런 식으로 빚을 늘리는 건 사절이었다.

다음부터는 유지니들 중 한 명은 꼭 남겨놔야겠다고 다짐했다. 꾹 손을 쥐면서.

* * *

"감사드려요."

고마움을 표하긴 했지만 메를리니의 얼굴에 떠오른 미소는 다소 억지스러웠다. 그녀의 가짜 웃음을 눈치챘는지 레인도 거짓된 웃음으로 화답했다.

"왕태자비님, 너무 그렇게 경계하실 것 없습니다. 그저 우연히 이 근처를 지나다가, 위급한 목소리가 들리기에 도와주러 온 것이고. 그 대상이 왕태자비님이었을 뿐입니다."

"경계라뇨. 당치도 않죠. 재상님의 도움이 없었다면 큰일 날 뻔했습니다."

"아아, 그렇군요. 확실히."

레인은 뒷말에 여운을 남기며 분위기를 조절했다. 이전에 만났을 때보다 둘 사이의 경계심이 짙어졌으면 짙어졌지, 결코 원만해지진 않을 것이다. 그 어떤 좋은 계기로 만났을지라도, 두 사람의 입장과 보이지 않는 벽이 존재하는 한.

이윽고 레인의 수하들도 합류했다. 검은 갑주를 입은 사내들에게서 강렬한 기가 뿜어져 나왔다. 무예에 문외한이었던 메릴리니도 그들에게서 발산되는 패기를 본능적으로 감지할 수 있었다.

레인이 정중히 허리를 굽히며 말했다.

"실례가 안 된다면, 안전이 확보된 곳까지 모시고 싶습니다만."

"그래주신다면 저희로선 감사할 따름이죠."

방금처럼 사나운 호랑이라도 나타나면 큰 낭패였다. 메릴리니는 다시금 안전 불감증에 빠졌던 자신을 탓했다.

"모두 재상 일행과 합류하여 움직이도록 하세요."

그렇게 레인의 행렬과 합쳐지니 제법 모양새가 나는 사냥 무리가 갖춰졌다. 어지간한 동물이 습격하더라도 의연하게 대처할 수준이었다.

그만큼 레인이 데려온 호위들은 듬직했다. 간간히 육식

동물들이 덤벼들었지만 손쉽게 내쫓곤 했다. 사냥의 결과물을 취할 법도 했지만, 어쩐지 그들은 사냥 자체에는 큰 관심을 가지지 않았다.

메를리니는 슬쩍 레인과 그 수하들의 동향을 살폈다. 사냥조차 생각이 없으면서, 단순히 호위의 목적으로 이 정도의 실력자들을 배치한 것. 아무리 생각해도 이만큼의 군세를 갖추고 사냥에 나올 이유는 없어 보였다.

"그러고 보니, 사냥은 안 하시는군요."

"예. 부끄럽게도 아직까지 한 마리도 잡지 못했습니다. 아무래도 이번 사냥 대회에서 국왕님의 은덕을 받기는 그른 것 같습니다."

능청도 이런 능청이 없었다. 일부러 안 잡는 티를 팍팍 내고 있으면서. 데려온 이들의 실력 또한 뛰어나거늘, 어찌 한 마리도 안 잡는지 의문투성이였다.

"안타깝네요. 이번 대회의 우승자에게는 상당한 부가 전해질 것 같았는데……."

"그러는 왕태자비님께서도 딱히 우승에는 관심이 없으신 듯 보입니다."

"네. 이미 왕태자비란 신분이고 언젠가 왕비의 자리에 오를 테니 굳이 사냥 대회 상품에 열을 낼 필요는 없죠."

"왕비라. 과연 왕태자님께서 왕위에 오르신다면, 자연히 왕비 자리에 오르시겠군요. 물론 미래 일은 아무도 모르는 거긴 하겠지만. 뭐 별 탈은 없겠지요."

그렇게 말하고 그는 눈썹을 살짝 움직였다. 이내 메를리니의 시선이 느껴지자 어깨를 가볍게 으쓱하며 고개를 돌렸다. 일부러 메를리니와 눈을 마주치지 않으려는 듯, 은근슬쩍 시선을 외면했다. 그저 앞장서 걸으며 주변을 경계할 따름이었다.

메를리니는 레인의 뒤통수를 바라보며 침묵을 지켰다. 이때까지만 해도 단순히 레인의 반응에 의문을 품는 게 고작이었다. 그저 어떤 속셈을 품고서 뭔가를 꾸미고 있구나, 하는 정도였다.

이러쿵저러쿵 잡생각을 하다 보니 어느새 처음 출발했던 본영까지 돌아오게 되었다. 본영을 지키고 있었던 국왕 일행이 반갑게 맞아주었다.

* * *

날카로운 화살이 공기를 가르며 날아갔다. 비정한 화살촉에 관통당한 흰토끼가 외마디 비명을 지르며 땅바닥에 쓰러졌다.

한 번은 정말 날쌘 사슴이 이리저리 잘도 피해 다녔다. 양방향에서 날아온 두 개의 화살이 동시에 빈 바닥에 꽂히곤 했다.

사슴은 마치 화살의 궤적을 간파라도 한 듯 요리조리 피해가며 도망쳤다. 그 모습을 보고 있자니 심통이 나서라도 안 쫓을 수 없었다. 오기로라도 잡아야겠다는 마음이었다. 자신이 먼저 잡는다면 당당히 승리자가 될 거란 자신감도 만연했다.

거의 동률로 엎치락뒤치락하고 있었던 레이드와 갈릴리는 사슴을 쫓아서 말을 몰아갔다. 거칠지만 빠르게, 또한 침착하게 포위망을 좁히며 사슴을 몰아갔다.

화살이 수차례 애꿎은 나무나 땅에 꽂혔지만 충분한 성과는 있었다. 수풀을 헤치며 달려가던 사슴의 발걸음이 어느 순간 뚝 멈췄다. 인간들이 만들어 낸 포위망 때문에 더는 도망칠 방도가 없었다.

연신 낑낑거리며 눈치를 살피던 사슴의 뒷다리에 화살이 스쳐 갔다. 깜짝 놀란 사슴이 화살이 날아왔던 방향으로 고개를 돌린 순간.

날카로운 화살이 사슴의 가슴팍에 박혀 들었다. 레이드

는 사슴의 슬픈 눈동자를 외면하듯 나머지 한 발의 시위를 당겼다.

가장 잡기가 힘들었던 사슴을 쟁취함으로써 결과적으로 승리자의 영예는 레이드의 것이 되었다. 갈릴리는 분하기는 했지만, 딱히 사사로운 감정을 품진 않았다. 진 것에 대해 아랑곳 않고 레이드의 승리를 축하해 줬다.

"대단하십니다. 과연 장차 이 나라를 이끄실 재목이십니다."

"과찬이십니다. 그렇게 말씀하시는 갈릴리 공이야말로 기마술하며, 활 솜씨까지 모두 뛰어나십니다."

"그렇게 봐주시다니 감사할 따름이지요."

갈릴리는 방금 잡혔던 사슴이 수레에 실리는 걸 힐끗거렸다. 저걸 자신이 잡았었다면, 하는 아쉬움이 아예 없지는 않았다.

"정말 재빠른 사슴이었습니다. 저 녀석을 사냥하신 것도 있고, 지금까지 잡은 녀석들도 있으니, 이번 사냥 대회의 우승은 왕태자님의 것이겠군요. 슬슬 시간도 다 됐으니 역전하긴 그른 것 같습니다. 아마 다른 이들 중에서도 왕태자님의 성적과 견줄 만한 분은 자베 란브랄트 공밖에 없는 것 같군요. 제 귀가 그리 들었습니다."

"귀? 다른 분들의 사냥 상황이 소리로 들리신다는 말씀입니까?"

"예. 어쩌다 보니 그럴 수 있게 됐습니다."

갈릴리는 옆머리로 가려져 있던 오른쪽 귀를 보여주었다. 평소 그가 왼쪽 귀만 내보이고 다녔기에 잘 몰랐을 뿐. 오른쪽 귀를 공개하니 그 차이가 확연하게 드러났다. 오른쪽이 왼쪽보다 살짝 아담한 것이 혹 여성의 귀 모양이었다.

"귀 모양이……."

"예. 보시는 대로 저는 양쪽 귀가 다릅니다. 오른쪽 귀의 원 주인은 이미 이 세상 사람이 아니지요. 혹 오트키안족에 대해 아십니까?"

"이야기는 들어봤습니다. 귀가 굉장히 밝다던…… 아, 설마?"

갈릴리는 빙긋 웃으며 고개를 끄덕였다.

"예. 값으로 치를 수 없는 큰 대가였습니다. 다이헤르 제국도 엄청난 내전을 거쳐 둘째 황자가 황제 자리에 올랐지만, 아시다시피 저희 르보리아 왕국은 그보다 거센 내전을 수차례 겪어야 했습니다."

레이드는 잠자코 이야기를 들었다.

갈릴리는 가볍게 목례하며 이야기를 이어 나갔다.

"르보리아는 연속적으로 무려 3번의 큰 내전을 겪어야 했습니다. 그리고 저는 그 3번에 걸친 내전에 모두 참전했지요. 수많은 전투 중 오른쪽 귀를 잃었던 저는 오트키안 출신 호위무사의 귀를 대신 이식받게 되었습니다."

갈릴리의 목소리는 다소 침전됐지만 흔들리지 않고 또박또박했다.

"이 귀라는 녀석이 본디 제 것이 아니다 보니 조절이 잘 안 되곤 합니다. 본의 아니게 사냥 대회 시작 직전에 왕태자님 내외의 대화를 듣고 말았습니다. 때로 감정까지 들리는지라, 두 분의 갈등을 어렴풋이나마 알게 됐습니다. 그래서 말인데, 실례가 안 된다면 왕태자님께 진중한 조언을 해드리고 싶습니다만."

솔직히 갈릴리를 어디까지 믿어야 할지 감이 잡히진 않았다. 타국에서도 왕을 압도하는 독재자적인 면모를 보이는 사내였고, 그렇다 보니 뒤따르는 소문도 썩 좋지 않았다.

그럼에도 레이드는 갈릴리의 말을 듣고 싶었다. 메를리니와의 갈등에 대한 이야기였으니까, 어쩌면 그의 조언으로 하여금 갈등의 돌파구가 보일 수도 있었으니까.

"예. 조언을 부탁드립니다."

레이드가 정중히 청하자, 갈릴리는 흠흠, 목소리를 가다듬었다.

“뜬소문이든, 사실로 드러난 이야기든, 이제 세상 모두가 다 아는 그런 이야기들이 있습니다. 그것들은 알게 모르게 저라는 한 명의 인간을 표현하고 수식합니다. 왕태자님, 제 작위가 무엇인지 말씀해 보시겠습니까?”

“대작이 아닙니까……?”

“예. 대작입니다. 왕도 아니면서 대공도 아니고, 공작도 아닌데, 그 모든 것을 섭렵하려 하는 전례 없는 작위. 권력은 왕을 넘어선 거나 마찬가지이고, 자신의 누이동생을 왕의 아내로 들이게 한 독재자. 수많은 비난과 비판이 쏟아지는 가운데, 제가 진정으로 사랑했던 여인에 대한 이야기가 회자된 적도 있었죠.”

“레들렌의…….”

끝까지 말하면 왠지 실례인 것 같아 말끝을 흐렸다. 레이드의 그런 태도에 감사를 표하며 갈릴리가 뒷말을 이어 나갔다.

“레들렌의 불사조 유리하 레지안. 고대 제국 고르도스의 공국으로서 고르도스가 멸망했음에도 지금까지 독자적으로 자리하고 있는 레들렌 공국. 그 국력이나 영향력이 결코 약하지 않아서 실제로 저희 르보리아 왕국에도 꽤나 힘을 행사 중입니다."

씁쓸한 표정이었다. 레이드의 눈에 비친 갈릴리의 얼굴은 그늘로 가득했다.

"유리하 레지안의 아내가 된 프리니 폰 아르고는 저의 외숙부의 딸. 즉, 저의 외사촌누이입니다. 누님과 제가 사랑했다는 그런 내용을 들어보셨을 겁니다. 왕태자님께서는 어떻게 생각하실지 모르겠지만. 때로 사랑에 조건은 무의미합니다."

"……."

"자신의 딸을 사랑하지 않는 자에게 시집보내고 얻은 권력…… 그러나 외숙부는 얼마 안 가 돌아가셨고, 저는 외숙부를 죽였다는 오명과 함께 그 권력을 이어받았습니다. 그리고 저는 혈연을 넘어 사랑했던 그 누이를 다시 권력의 틀에서 이용했습니다. 참 비정하지 않습니까?"

"그건……."

"수년 후, 저는 제가 당했던 짓을 스스로 자행하고 있었습니다. 누이동생을 사랑하는 자에게서 뺏고는 왕비의 자리에 오른 것입니다. 우습게도 누이동생이 사랑했던 이는 저의 충직한 부하였지요."

"푸른 늑대…… 말씀입니까?"

"예. 그자입니다. 저와 호형호제하며 끈끈한 우정을 나눴던 인물이며, 3차 내전을 실질적으로 이끌었던 사내. 그가 어찌하여 그런 선택을 거듭했는지는 누구나 다 아는 사실이었고, 그에게서 저를 보호하기 위해 이 귀의 주인도 숨을 거뒀습니다."

갈릴리는 자신의 오른쪽 귀를 만지작거리며 애환에 잠겼다.

"사랑했고, 사랑받았고, 사랑의 존재 여부를 몰랐고, 타인의 사랑까지 무너트려봤으니. 저도 그리 긴 삶을 살지는 않았지만 제법 사랑에 대해서는 식견이 생겼습니다. 그래서 그런지 이것 하나만은 알겠지 뭡니까. '사랑하는 사람에게 할 수 있는 최선을 다할 것' 말입니다."

"……."

갈릴리는 레이드의 옆으로 말을 밀착했다. 그리고 레이드의 어깨를 살살 다독여 주었다. 이내 멍한 얼굴로 바라보는 레이드에게 빙긋 웃어주는 것도 잊지 않았다.

"물론 제 말을 너무 곧이곧대로 듣지는 마십시오. 이유나 과정이 어떻게 됐든, 지금의 저는 유례없는 독재자 그 자체이고. 어쩌면 왕태자님께 이런 말씀을 드리는 것도 일종의 정치적 움직임일 수 있습니다. 하나 이것 하나만은 자신 있게 말할 수 있습니다."

"……어떤?"

"자신에게 부족한 부분인 '세력'을 키우기 위해 발 벗고 나서는 왕태자비란 모든 역사를 통틀어 그리 흔치 않습니다. 훌륭한 분을 아내로 두신 것입니다. 장차 저희 르보리아와의 우호적 국교에도 그분이 함께하시기를 하는 마음에서 드리는 조언이었습니다."

갈릴리의 말은 틀린 게 없었다. 단지 그는 가장 중요한 맹점을 모르고 있었다. 메를리니의 회귀 여부를 비롯해 그녀의 주적이 누구인지를.

하지만 역시 그 점만 제외하고 생각한다면 갈릴리의 말이 백번 옳았다. 그렇게 생각하니 레이드는 괜스레 웃음이 터져 나왔다.

"하하하……."

"음?"

"덕분에 근심이 많이 가실 수 있었습니다. 갈릴리 공, 진심으로 감사드리는 바입니다."

"그러시다니 다행입니다. 사소한 오해가 쌓여서 큰 화로 변하는 법이니, 앞으로 가슴에만 묵혀두지 마시고 그때그

때 푸시길 바랍니다. 혹여 도움이 필요하시다면 저희 르보리아 왕국에 손을 뻗으셔도 됩니다. 저는 언제라도 도와 드릴 준비가 돼 있습니다."

갈릴리가 정중히 악수를 청하자 레이드도 스스럼없이 손을 맞잡았다. 나라와 나라의 관계 때문에 내민 손이었어도 상관없었다.

적어도 지금 이 순간, 갈릴리라는 남자는 레이드가 원하고 원했던 가장 좋은 해답을 내려준 은인이었다. 자신의 치부가 될 수 있을 이야기를 꺼내면서까지.

그렇기에 더더욱 적으로는 두고 싶지 않았다. 든든한 우군으로 세울 수 있다면, 거부감 없이 그러고 싶었다. 레이드는 살며시 콧노래를 흥얼거렸다. 진실로 즐거운 마음이었다.

그러나 지나친 행복은 불행과 동일선상이라고 했던가. 근심의 일부를 털어 내고 기쁨을 만끽할 겨를도 없이 새로운 악몽에 직면하고 말았다.

슬슬 아버님이 위치한 본영이 보이기 시작한 가운데. 본영 쪽에서 기사 하나가 헐레벌떡 달려와 급보를 전했다.

레이드의 표정이 얼음장처럼 얼어붙었다. 천천히, 아니, 빠른 속도로 새파랗게 질려가기 시작했다. 바짝 상기된 얼굴로 기사의 멱살을 붙잡고 소리쳤다.

갈릴리가 다가와 레이드를 말렸지만, 흥분된 마음은 쉬이 진정되지 않았다. 그의 눈물 어린 울분에 공명하듯 본영 쪽도 비통한 목소리들로 가득했다.

갈릴리는 부하를 시켜 서신을 쓸 수 있도록 준비케 했다. 이윽고 갈릴리의 손길을 따라 빈 종이에 글자가 수놓아졌다.

서신의 내용은 짧고 간결했다.

[카르디아 대륙력 1024년. 루티아르 왕국 11대 국왕 루투스 폰 루티아 서거]

제5장

국왕을 시해한 자

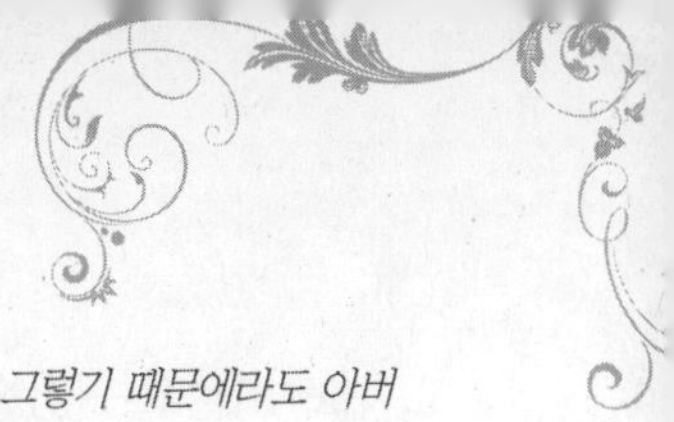

『아버님의 옥체를 그대로 두는 것은 가슴 아프나, 그렇기 때문에라도 아버님을 시해한 범인을 이 자리에서 밝힐 것이오. 그래야만 돌아가신 아버님께서도 평온히 천국으로 떠나실 것이라 굳게 믿소.』

본디 즐거워야 했을 사냥 대회는 비극적 결말로 말미암아 한 치 앞을 볼 수 없는 난관에 직면해 버렸다.

행사의 주최자였던 국왕 루투스가 의문의 죽음을 맞이했으니 당연하다면 당연한 상황이었다. 누구 하나 이 전대미문의 사태를 두고 함부로 입을 뻥긋하지 못했다. 잘못 말했다가는 단칼에 목이 날아갈 판이었다.

물론 개중에는 눈치 없이 영웅이라도 되겠다는 양, 자신이 목격했다며 진실을 읊으려는 이들도 있었다. 그렇게 주제도 모르고 나섰던 이들의 결말은 너무나 뻔해서 고개가 끄덕여질 지경이었다.

"옛날부터 이 숲에는 흉악한 저주가 있었습니다. 벌써 수십, 수백 년은 된 망할 놈의 저주입니다. 그 저주에 걸리면……."

헛소리를 지껄인 이는 인근 지역에서 뽑혀온 병사였다. 입속에서 튀어나온 허무맹랑한 말은 본인뿐만 아니라 그의 영주에까지 화를 초래했다.

작은 영지는 그날로 영주의 자리가 교체됐다. 그 정도로 사태는 심각하고 무거웠다. 이 감당하기 힘든 무게를 견딜 만한 이는 몇 명 되지 않았다. 그중 가장 큰 무게를 지탱하고 있는 위치에 레이드가 서 있었다.

레이드는 숨을 거둔 선왕의 장자였고, 루티아르의 왕태자였으며, 루티아르의 실질적 권좌를 가진 데레니아 왕비의 하나뿐인 아들이었다.

사실상 겉치레뿐이었던 후궁이나 그 아들들은 레이드의 적수가 되지 못했다.

"이제부터 이곳의 통제는 제가 맡겠습니다."

그 한마디만으로 막사 안은 쥐 죽은 듯 고요해졌다. 레이드의 주변으로 차례차례 서 있었던 이들 모두 침묵으로 일관한 채 레이드를 바라봤다.

차기 왕은 검을 뽑아 막사 정중앙에 꽂았다.

"지금부터 누구 하나 제 허락 없이 이곳을 벗어날 수 없습니다. 그것은 그대들의 휘하도 마찬가지입니다. 이곳에 대한 정보를 바깥으로 내보내는 것도, 자신의 고향으로 돌아가는 것도 모두 저를 거쳐야 합니다."

"……."

침묵이 계속됐다. 상황이 어떻게 돌아가는지는 명명백백했다. 레이드는 지금 이 자리에 있는 모두를, 지위와 명예 여부를 막론하고 용의자로 판단하는 중이었다.

거기에 불만을 품고 반기를 들었다가는 영락없이 국왕 시해의 죄를 뒤집어쓸 판이었다. 당장은 묵묵히 루티아르의 왕태자를 따르는 게 옳은 선택이었다.

그때, 또 하나의 헛소리 예비자가 앞으로 나섰다.

"선왕의 호위기사 에칸 가메라고 합니다. 호위기사로서 숨을 쉬는 것조차 불충임을 잘 알기에, 목숨을 걸고 한마디 올려도 되겠습니까."

"말씀하시오."

"감사합니다, 왕태자 저하. 선왕의 사인은 제 고향인 펜홀 왕국의 땅에서만 나는 연록색 독초에 의한 것과 비슷합니다. 식용 산호와 생김새가 비슷해서 아낙들이 수프를 끓이는 데 써먹었다가 죽은 사례가 많습니다."

루투스의 죽음은 아직 불명확했다. 특별한 자상은 없었기에 흉기에 의한 암살은 아니었다. 자연사 혹은 독살이 가장 유력했는데, 평소 누구보다 건강했던 그가 뜬금없이 죽을 연유는 없었다.

마지막 선택지는 누구 하나 대놓고 말은 안 했지만 독살이었다. 그 시점에서 호위기사의 발언은 충분한 파급력을 가질 만했다.

레이드의 눈썹이 움직였다.

"에칸 가메 경. 그 말이 거짓이라면, 어찌 될지 알고 하는 말씀이오?"

"예. 물론입니다. 이미 저는 기사로서의 명예도 삶도 잃어버렸습니다. 그럼에도 지금껏 살아 있었던 이유는 제가 아는 알량한 지식이 선왕의 원통함을 풀어 줄 것이라 믿었기 때문입니다. 에칸 가메, 불충의 죄로 하여금 먼저 떠나신 선왕을 뒤따르겠습니다."

에칸은 지그시 눈을 감고 스스로 목숨을 끊었다. 명예를 중시하는 기사의 자결에 대해 모두가 애도의 마음을 가졌다.

더불어 그의 행동은 증언에 무게를 실었다. 병사들이 에칸의 시체가 옮기는 걸 지켜보며 레이드는 한숨을 깊게 내쉬었다. 저토록 훌륭한 호위기사가 있었음에도 아버지는 지켜지지 못했다.

"차코 하밀 경."

"예, 저하."

차코는 가볍게 허리를 굽혀 보이며 예를 갖췄다.

"그대의 식견을 듣고 싶소."

"썩은 사과라 하더라도 주변에 날파리가 없다면 구더기도 생기지 않는 법이죠. 하나 이곳에는 그런 날파리들이 없지만은 않습니다."

귓가에 대고 속삭이듯 말해서 주변에 있었던 내로라하는 인물들이 듣지는 못했다. 단 한 명, 레인만이 어떻게 들었는지 풉, 하고 웃음을 참았다. 그의 반응을 인지했는지 차코는 더욱 작은 목소리로 말을 읊었다.

"가메 경의 말처럼 저도 선왕의 죽음에는 연록 산호초가 연관돼 있을 거라 사료됩니다. 그 독초는 인간을 죽이는데 특화된 매우 훌륭한 식물이죠. 특히 먹는 양에 따라 죽게 되는 시기를 조절 가능하다는 장점도 있습니다. 단, 맛이 굉장히 고약해서 제정신이라면 생으로 안 먹기 마련이죠.

제가 범인이라면 물에 타서 차처럼 먹게 했을 겁니다."

"차……?"

"예. 문제는 누가 감히 선왕께 억지로 차를 먹였을 것이며, 또 그렇게 번거로울 거라면 굳이 그럴 필요 없이 칼로 범하였을 겁니다. 그렇다면 남은 건 하나겠지요. 선왕께서 거부감 없이 대화를 나누면서 드시게 했다든가 하는. 실제로 이곳 사냥터에서는 궁인이 먼저 음식을 먹어보는 등의 안전조치도 적은 편이니 말입니다."

"……."

레이드는 앞머리를 한 손으로 쓸어 보았다. 호흡은 살짝 거칠었지만 판단력이 흐려지진 않았다. 그는 차코의 귓가에 작은 목소리로 속삭였다.

"어머님의 여섯 기사 중 하나이자 위대한 신탑 요네룬의 대학자인 차코 하밀 경. 그대에게 이 참혹한 대죄를 가릴 기회를 내리는 바이오. 아버님의 옥체를 확인해도 되니 내일 이 시간까지 만족할 결과를 보여주시오."

"예. 저하. 왕비 마마의 거룩하신 명예를 걸고 명을 따르겠습니다."

차코는 부하 몇을 대동하고서 막사를 빠져나갔다. 뒤이어 레이드가 해산해도 된다고 말하자, 나머지 인원들도 각자의 막사로 뿔뿔이 흩어졌다.

* * *

이튿날이 밝자, 차코가 레이드를 찾아와 이것저것 설명을 해 주었다. 차코는 밤을 지새워 단서를 도출했는지 다소 퀭한 얼굴이었다. 그랬던 만큼 그의 수사는 믿음직한 결과물을 동반하고 있었다.

레이드는 차코의 정보에 따라 병사들을 집결시킨 뒤, 오후 무렵에 다시 한 번 사람들을 자신의 막사로 불러들였다.

호출당한 그들은 어제와 달리 불만스러운 기색이 역력했다. 대부분의 귀빈들은 자국으로 돌아가면 왕 못지않은 권세를 누리는 인물들이었다.

그런 이들을 언제까지고 억류할 수는 없는 노릇이었다. 어쩌면 그들은 아비의 죽음을 냉정하게 판단하는 왕태자의 체면을 살려주는 역할이기도 했으니까.

"모두 모이셨습니까."

레이드는 막사 안에 모인 모두를 쭉 돌아봤다. 그때 옷매무새를 정리하며 갈릴리가 막사 안으로 들어왔다. 그는 급히 뒷간에 다녀오느라 늦게 되어 죄송하다며 예를 갖췄다.

다른 이유라면 몰라도 이런 이유로 그를 벌줄 입장까진 아니었다. 물론 그가 죄를 물을 만한 행동을 했다면 이야기가 달라졌겠지만.

"오늘 모두를 모이게 한 이유는, 어제와 마찬가지로 선왕을 시해한 범인을 찾기 위함입니다. 그리고 어젯밤 여기 있는 차코 하밀 경이 용의자 명단을 추려냈습니다. 증좌까진 아니지만, 정황상 충분히 논할 가치가 있습니다. 차코 하밀 경, 시작하시오."

"예. 저하."

차코가 레이드의 바로 앞으로 나서자, 막사 안 모든 인물들이 그에게로 집중했다. 그는 갑주 가슴팍에 박혀 있는 인장을 드러냈다.

"우선 저의 소개부터 하겠습니다. 저는 대 루티아르 왕국의 왕비님을 모시는 여섯 기사 중 하나입니다. 루티아르에서 왕비의 여섯 기사는 곧 왕비님의 명예를 짊어지는 자. 지금부터 제가 하는 말에는 그 어떤 사적인 감정이나 거짓이 존재치 않음을 맹세하는 바입니다."

루티아르 왕국의 땅 위에 서 있다면, 세상에 귀를 연 자라면 왕비의 여섯 기사가 어느 정도의 영향력을 가졌는지는 충분히 아는 사실이었다.

더욱이 차코 하밀은 신탑 요네룬에서 대학자를 지냈을 정도로 뛰어난 지략을 갖춘 인물이기도 했다. 문무를 겸비한 능력자. 언제나 차코를 따라다니는 수식어였다.

차코는 시종이 챙겨온 유리병을 모두가 볼 수 있도록 치켜 올렸다. 녹색의 진액이 유리병 안에서 출렁이고 있었다. 잔잔한 바닷물처럼, 물컹거리는 연한 재질의 녹색 젤리처럼.

“여러분, 이게 뭔지 아시겠습니까.”

아무도 대답이 없자, 스스로 답해 보였다.

“어제 에칸 가메 경이 말했던 것처럼 펜홀 왕국에서만 나는 연록 산호꽃의 진액입니다. 어젯밤 제 휘하 부대를 시켜서 주변을 샅샅이 뒤진 결과, 누군가가 쓰다 남은 진액을 풀밭에 뿌렸음을 알게 됐습니다. 그걸 최대한 채취해 모은 것입니다.”

차코의 말인 즉, 연록 산호꽃은 모양이 산호처럼 기괴하여 경시받는 꽃이었다. 잘 활용하면 약으로도 가공할 수 있는 식물로서, 일반적으로 그 꽃이 사용되는 곳은 독살이었다.

단, 그 향이 강한데다가 직접적으로 효과를 보기 위해선 액체에 섞어 먹어야 한다는 단점이 있었다.

"이곳이 왕성에서 거리가 있는 숲 속이라도, 감히 선왕께 억지로 액체 같은 것을 먹였다는 것은 있을 수 없습니다."

"그래서 말하고 싶은 진의가 무엇이오?"

"내 말이. 백번 양보해서 경의 말이 맞는다면, 그럼 대체 누가 범인이란 것입니까?"

그 뒤로도 질문이 쇄도했다.

차코는 의미 없는 질의응답을 나눌 생각은 없었다. 그는 일찍이 레이드에게도 보여 줬던 두루마리를 꺼내 보였다.

한 글자, 한 글자, 찬찬히 읽어나가자, 하나둘 사람들의 인상이 찌푸려졌다. 그런 와중에도 몇몇 지목된 당사자들은 태연한 모습을 유지했다.

이내 명단을 쭉 읽어 내렸던 차코는 목소리를 가다듬고 다시 두루마리에 적힌 명단을 읊기 시작했다.

"르보리아 왕국 대작 갈릴리 에드라이 공, 알테마리아 공화국의 가주 자베 란브랄트 공, 다이헤르 제국 재상 레인디너즈 공, 자작 라바르 펜스 경, 궁녀장 체니 세이티, 호위기사 아빅 그라브 경과 다이스 콘 경. 이상, 일곱 명입니다. 신분의 높낮이에 따라 마땅한 대우를 해드릴 것이니, 얌전히 조사에 응해 주시길 부탁드립니다."

차코는 무표정으로 일관했다. 그의 무감정적 어조가 다음 내용을 뱉어냈을 때, 막사 안은 온통 살기로 뒤덮였다.

첫 번째 예비 용의자로 지목된 갈릴리를 막사에 혼자 남게 하려 한 왕태자 측과, 갈릴리를 모시는 수행원들의 대립에서 비롯된 것이었다.

"왕비의 여섯 기사라느니, 루티아르의 왕태자라느니, 그게 다 무슨 소용이냐. 이분은 르보리아 왕국의 대작이시다. 감히 무슨 권한으로 이분을 용의자로 지목하는 것이냐!"

갈릴리의 수호기사 다이폰은 칼날을 들이밀며 차코를 위협했다.

양측은 언제 터질지 모르는 일촉즉발의 사태였다. 왕비의 여섯 기사 자신의 명예뿐만 아니라 왕비, 왕태자의 위신까지 모욕당했다. 당장에라도 칼을 꺼내서 다이폰의 목을 취해야 기사로서의 자긍심이 지켜질 것이었다.

그러나 차코는 양손을 내저으며 몇 걸음 물러났다.

"미안합니다만, 저는 검을 잘 다루지 못합니다."

"하? 검을 들이댈 용기도 없는 녀석이 기사라고 칭하는 것이냐. 그것도 루티아르를 대표하는 여섯 기사 중 하나가? 뭐, 됐다. 이제 주제를 알았으면 포위망을 풀어라. 주군, 제가 앞장서겠습니다."

다이폰의 호위를 받아 막사를 나서려 했던 갈릴리는 이내 차코에게 제지당했다. 정확히는 차코가 일으킨 나무 장벽이 막사 입구를 막아버렸다.

“검에는 문외한이지만 마법은 다룰 줄 알지요. 기사라고 해서 무조건 검술을 행해야 한다는 법은 없으니까요. 가령, 어떤 무지렁이 기사는 장검을 쓰고, 힘만 센 북부의 기사는 도끼를 쓴다던가, 아가씨 심성의 기사는 세검류를 쓰기도 하지요. 저는 어떤 곳의 겁쟁이 기사라서 마법을 쓰는 것이고요.”

“마법을 쓰신다? 그럼 이 거리에서도 그 잘난 마법을 쓸 수 있을지 봐야겠구나. 어서 나무를 치워라. 겁쟁이 기사.”

“저는 신탑 요네룬 출신의 대학자입니다. 단순히 무력만으로 제압 가능했다면 신탑이 지금처럼 고고한 위세를 누릴 수 있었을까요. 경의 검과 제 마법 중에 뭐가 더 빠를지 견주어보는 것도 재밌겠군요. 안 그렇습니까? 갈릴리 에드라이 공.”

“아무래도 우리가 진 것 같군. 다이폰, 이만 검을 거두게.”

갈릴리는 다이폰과 그 휘하 병사들을 물리고 레이드와 마주 섰다. 그러자 막사를 봉쇄했던 나무 장벽은 사라졌고 차코 또한 다이폰들과 마찬가지로 뒤로 물러났다.

레이드와 갈릴리, 두 사람 사이로 미묘한 기류가 감돌았다.

"그래, 제게 여쭙고 싶은 게 무엇입니까, 왕태자 저하."

"그날, 무엇을 했습니까?"

"그날? 사냥 날에는 제 앞에 계신 왕태자 저하와 함께 자웅을 겨뤘지요. 저하의 존재야말로 저의 결백을 증명하는 증좌가 아닙니까."

"그날, 당신은 자신의 무리 전체를 데리고 오지 않았습니다. 당신의 충직한 신하가 한 명 남아 있었잖습니까. 돌아가신 제 아버님과 함께 말이죠."

레이드는 다이폰 옆에 서 있던 중년의 사내를 가리켰다.

"루티아르 왕국의 전 왕실기록관이었으며, 큰 죄를 범하여 르보리아로 망명한 자. 그 이름은 조우 펜슬러. 갈릴리 공의 최측근 중 하나인 자이지요. 모름지기 왕은 직접 나서서 동물을 거닐지는 않는 법. 왕보다 강력한 권세를 누리는 대작께서 그걸 모르진 않겠지요."

"때로 감정을 중시하되 실리도 보시라고 말씀드렸던 것 같은데. 아무래도 제 표현력이 많이 부족했나 보군요."

"아뇨. 그 점을 염두하고 말씀드린 것입니다."

"그럼 잘못 짚으신 겁니다. 왕태자께서 제 입장에서 생각해 보시지요. 제가 선왕 전하를 해하여 얻는 게 무엇입니까? 혼란한 정세를 틈타 르보리아의 군대가 루티아르로 진격하겠습니까? 아니면 또 다른 권력의 이동 같은 거라도 노려보겠습니까? 제가 얻는 것은 없습니다."

"이번 사건을 통해 대작께서 얻게 되는 것. 그게 무엇인지 지금 말씀드리기는 곤란하군요. 공께서 범인이 아닐 시……의 여지 정도는 남겨둬야 하니 말입니다."

레이드는 말끝을 흐리며 목을 어루만졌다.

갈릴리의 입가에 만족스러운 미소가 실렸다.

"지난날, 제가 드렸던 충언이 헛되지는 않았던 것 같군요. 목구멍까지 올라온 본능을 잘 참아주셨습니다. 그럼, 오늘 대화는 이만 끝내도록 하고 이만 물러가 봐도 되겠습니까."

레이드는 갈릴리 일행을 막사 밖으로 내보내고 얼마간 생각에 잠겼다. 그의 수호기사 카이트와 여타 호위병들은 다음 명령이 있을 때까지 조용히 자리를 지켰다. 차코만이 슬쩍 다가와 운을 띄었다.

"제가 관상 같은 건 잘 몰라도, 사람 심리를 보는 건 조금 할 줄 압니다. 조우 펜슬러에 대한 이야기를 꺼냈을 때나, 대화를 하는 내내 갈릴리 공의 얼굴에는 큰 변화가 없었습니다. 그건 그렇고 갈릴리 공이 독살을 시도했을 때에 얻는 게 무엇인지 여쭤 봐도 될는지요. 수사에 도움이 될 수도 있습니다."

"길게 생각할 필요도 없소."

일절의 고민도 없는 무감정의 어조였다.

"그가 나와 사냥 대결을 즐겼던 이유. 내게 자신의 치부를 되새김질하면서까지 가까워지려고 했던 이유. 르보리아는 3번에 걸친 내전으로 국력도 많이 쇠약해졌고, 그렇듯 왕국을 피폐하게 만들었다는 죄는 3대 내전에 모두 참전한 바 있으며, 실제로 권좌에 올라 있는 인물을 가리키고 있소."

"예. 승하하신 선왕께선 르보리아의 대작을 경멸, 혐오, 그 고급스럽지 않은 단어를 상기하며 매우 싫어하셨지요."

"그렇소. 아버님은 명예를 중시하는 분이셨소."

"그럼 역시 갈릴리 공이 흑막이라고 생각하십니까?"

"글쎄 그건 아직 모를 일이지. 경의 말처럼 그에게선 딱히 위험한 기류가 흐르지 않았소. 조우 펜슬러는 나도 어릴 적부터 안면이 있는 자. 그는 루티아르를 떠나게 됐던 계기도 그렇고 평소에 아버님을 시기하고 질투한 자였소. 그의 단독 범행이라는 가정도 없지는 않겠지만. 일단 다른 이들도 만나 봐야 할 것 같소. 다음은 누구요?"

"자베 란브랄트 공입니다."

"흑사자인가. 그 또한 쉽게 따라오지 않을 테니 내 휘하의 병사들을 데리고 다녀오시오."

"아닙니다. 오히려 그는 연륜이란 이름 아래 격한 행동은 취하지 않을 것입니다."

차코는 정중히 고개를 조아리고 막사를 나갔다.

레이드는 혼자 있고 싶다며 카이트와 궁녀들도 물리고 살며시 눈을 감았다. 다시금 아버지의 죽음에 실감이 갔다. 아버지를 해한 자가 누구인지 밝혀야 하는 지금, 오만 가지의 생각이 머리를 어지럽혔다.

얼마 뒤, 막사로 누군가가 들어왔다. 차코와 자베인가 싶어 얼른 눈을 떴을 때 마주한 이는 메를리니였다.

메를리니는 은은한 얼굴로 레이드와 마주했다.

"메를리니?"

"저하를 돕고 싶습니다."

"나를 돕겠다니 당치도 않소. 지금 이게 어린아이들의 연극 놀이인 줄 아시오? 일국의 왕을 시해한 불한당이 판치는 장소요. 내 그들에게 입장을 견지시키기 위해 당신을 보내지 못하고 있는 것이지, 결코 이곳이 안전해서 그런 게 아니오. 최대한, 될 수 있는 대로 몸을 사리고 가만히 있으시오. 제발."

혹 그녀에게 위험이 닿을까 노심초사하는 모습이었다.

메를리니는 고개를 절레절레 흔들었다.

"아뇨. 그렇기 때문에 저하를 도와 드려야 합니다. 어디에 어떤 식으로 있든 위험한 것은 매한가지. 차라리 다소 무리를 해서라도 극악무도한 대죄인을 붙잡는 게 안전한 거니까요."

언젠가부터 메를리니의 말투나 어조는 예전과 달라져 있었다.

레이드의 기억에 메를리니라는 여인은 부드럽고 연약한 여성이었다. 처음에는 그러했는데, 점점 어머니 데레니아처럼 굳건하고 단단한 여성이 되어갔다.

문득 사냥터에서 갈릴리와 나눴던 대화가 떠올랐다. 과연 아내는 세간에서 평가하는 그대로 성장해 있었다.

레이드는 어깨를 가볍게 으쓱했다.

"무슨 방법이 있겠소?"

"실은 이 사냥 대회가 있기 전, 다른 곳의 사고를 조사해보라고 사람을 파견한 적이 있어요."

"다른 곳의 사고? 그게 어디요?"

"다이헤르 제국이에요."

"제국이라…… 혹, 지금 내 머릿속에 맴도는 생각이 맞소?"

메를리니는 대답 대신 고개를 끄덕였다.

일찍이 그녀는 제국에 르나이아가와 데미안을 보낸 바 있었다. 두 사람이 맡은 임무는 제국의 동향을 파악하는 것과, 선대 황제의 죽음을 파헤치는 것이었다. 더불어 추가적으로 유지니를 급파했었다.

"모르긴 몰라도 이번 사건과 아예 관련이 없진 않을 거예요."

"그럼 비궁이 생각하는 범인은 바람의 재상이오……?"

"아직 확실치는 않습니다. 그래서 저하와 만남의 시간을 갖고 있는 거고요. 저하, 며느리이기 이전에 아내인 저에게도 기회를 주시겠어요?"

"후우. 비궁의 고집을 누가 막겠소. 단, 너무 깊게는 파고들지 마시오. 뭘 하든 나와 상의를 해야 할 것이고. 그래, 제국에 대한 정보는 언제쯤 알 수 있소?"

"저도 이런 이변이 발생할 줄은 몰랐지만, 결과적으로 신들께 감사드리고 싶은 마음이에요. 사냥 대회의 여흥이

식자마자 정보를 확인하고 싶었던 스스로가 뿌듯할 지경이죠."

메를리니는 옆머리를 돌돌 말았다.

"저의 직속 궁녀였던 유지니는 눈치가 빠른 아이랍니다. 제국에서 돌아왔을 때, 수도에 제가 없으면 직접 찾아오란 지령을 내린 상태이니, 지금쯤 이곳으로 오고 있을 거예요. 이곳에서 빠져나가는 정보는 없고, 이곳으로 들어오는 정보는 유지니뿐일 거예요. 그건 꽤 큰 변수로 작용하겠죠."

"비궁의 말대로라면 내일쯤이면 알 수 있겠군. 오래 걸리지 않아서 다행이오. 귀빈들의 불만도 점점 쌓여가는 중이니까."

"저하, 그 점에 대해선 걱정하지 않으셔도 됩니다. 설사 일주일을 더 붙잡고 있더라도 그들은 불만을 토로하지 못할 테니까요. 다른 이도 아닌 국가의 총수가 살해당한 시국에 함부로 날뛰었다간 범인으로 몰리기 일쑤. 명예를 아는 흑사자, 바람의 재상, 왕보다 높은 사내. 그 누구라도 섣불리 정국을 흔들려 하지 않겠죠."

복수심이 낳은 냉정함? 평소에도 치밀했다는 반증? 그 어떤 이유에서 비롯되었든, 메를리니는 단순히 왕태자비라는 가호를 받았을 뿐인 가냘픈 여인은 아니었다.

아내의 분석적인 모습을 보며 레이드는 내심 뿌듯한 마음이 샘솟았다. 당장 어머님과의 불화가 있을지언정, 일국의 국왕까지 노리는 살벌한 이곳에서 아내란 존재는 너무나 든든한 우군이었다.

두 사람은 서로를 바라보며 빙그레 미소 지었다. 같은 적을 둔 입장으로서가 아닌, 부부로서.

"오호. 부부 내외께서 함께 계셨습니까. 어찌, 실례해도 되겠는지요?"

사람 좋은 얼굴로 자베가 막사 안으로 들어섰다. 그 뒤로 수행원 몇몇이 뒤따라 들어왔다. 부드럽게 정돈한 자베의 턱수염은 언제 봐도 인자한 인간상으로 보였다. 왕 시해의 죄악과는 한참 거리가 먼 인상이었다.

그런 그와 직접적으로 대면하는 것은 처음이었던 메를리니는 다소 긴장했다. 그러나 그 감정도 얼마간 대화를 해 보니 금세 유해졌다. 왕을 죽였는지 아니었는지 여부를 떠나 자베는 상당한 수완가였다.

"굳이 거짓말을 논할 이유도 없지요. 저는 일찍 사냥을 마치고 돌아와 루투스 국왕님을 만나 뵈었습니다. 선왕께서는 호쾌한 면면을 지니신 분답게 저의 실없는 농에도 즐겁게 웃어주셨습니다. 그때 호위기사가 그 누구냐, 아빅 그라브? 그자였으니 잘 알 겁니다. 아마 저의 일거수일투족을 잘 봤겠지요."

그 후로도 몇몇 질의응답이 이뤄졌지만 크게 걸릴 만한 사항은 없었다.

"감사합니다. 그만 가보십시오."

"예. 시국이 시국이니만큼 왕태자 내외분도 너무 무리는 하지 마시길. 그럼 이만."

여러 의미를 담은 끝말이었다. 물론 그 진의를 파악할 여유는 없었다.

메를리니와 레이드는 뒤이어 다른 예비 용의자들을 맞이했다. 궁녀장 체니 세이티와 라바르 펜스 자작 순으로 진술이 이어졌고, 다섯 번째 용의자로 다이스 콘이 찾아왔다.

이번 사냥 대회에 루투스의 직속 호위기사로 배치된 인원은 총 셋이었다. 지난날, 스스로 목숨을 끊은 에칸 가메와, 다이스 콘, 아빅 그라브, 이렇게 세 명이었다.

이들은 돌아가며 루투스의 옆을 호위했기에 사실상 가장 유력한 용의자들이었다. 다른 인물들이 루투스를 알현할 때에도 기사 한 명은 꼭 있었다는 증언도 나온 터. 특히 그들은 아무도 찾아오지 않았을 때 왕과 단둘이 남을 수 있는 위치이기도 했다.

그 점에서 에칸이 루투스를 죽이고 죄책감? 혹은 위험을 느끼고 자살했다는 주장도 설득력이 있었으나, 그를 비롯해 다른 두 기사에게서 이렇다 할 명목이 없었다.

만약 있다면 누군가로부터 상당한 부와 권력을 약속받고 임무의 개념으로 이행했다는 것. 그 외에는 아무리 조사를 해도 걸리는 게 없었다.

문제는 그 가능성을 열어놓는다면, 애초에 다른 인물들도 해당 시간의 호위기사를 매수한다는 가정이 생길 수 있었다.

그렇게 기사와 의뢰인 둘이서 일을 진행할 수도 있었다는 것. 모든 가능성을 열어놓고 최악의 수까지 가정한다면 정말 끝이 없는 난제였다.

일단 직접 만나서 대화라도 나눠봐야 명확해질 것 같았다.

다이스는 꼿꼿이 선 자세로 자신의 기억을 정리하듯 읊었다.

"선왕께서는 본디 사냥을 즐기시고 활동적이셨지만, 그 날은 좀처럼 사냥을 다니시지 않았습니다. 한두 시간만 노니시고 바로 막사로 돌아오셨지요. 사냥 시에는 저희 셋이 동행했지만, 특별한 일이 없는 막사 생활 때는 3시간씩 교대로 임무를 병행했습니다."

"3시간씩 교대한 이유는 무엇이었소?"

"예. 굳이 세 명이나 있을 필요가 없다며 선왕께서 쉬엄 쉬엄하라고 당부하셨기 때문이었습니다. 그랬던 것이 이런 비극을 낳을 줄은……."

"너무 자책하진 마시오. 나는 어떤 무지의 나라처럼 국왕을 보필하지 못했다고 참수형을 내리는 무지각한 사람이 아니오."

"송구스럽습니다."

"그보다 호위 임무를 맡은 동안 별다른 특이 사항은 없었소?"

"예. 그렇습니다."

이후 몇 가지를 더 물었지만 감정의 변화는 물론이요, 쓸 만한 답변도 없었다. 결국 다이스를 돌려보내고 아빅 그라브를 불러들였다.

아빅은 다른 두 사람과 달리 호위기사로 발탁된 지 얼마 안 된 사내였다. 경력 면에서 미흡한 부분도 많았다. 그는 막사에 들어오고도 어쩐지 초조한 기색이 역력했다.

다이스가 위축되면서도 당당한 기개만은 그대로였던 반면, 아빅은 연신 손가락을 부들부들 떨었다.

"아빅, 괜찮으시오?"

"아, 예…… 문제없습니다. 제가 죽을 죄인입니다."

사내답지 않게 다소 울먹이는 기질도 보였다.

레이드는 정녕 이런 자가 국왕의 호위기사로서 임무를 수행할 수 있는지 의문이 들었다. 수도로 돌아가면 등용 체제부터 고쳐야겠다고 마음먹었다.

아빅에게도 다이스에게 물었던 질의응답을 나눴지만, 단지 태도가 보기 좋지 않았을 뿐. 아빅에게서도 별다른 사항은 나오지 않았다.

"그만 돌아가 보시오."

"예, 예."

아빅은 목을 어루만지며 일어났다. 노랗고 짧은 목을 만지작거리던 손바닥 사이로 분홍빛의 자국이 내비쳤다. 워낙 피부가 노래서 눈에 띄었지만 레이드는 별로 대수롭게 여기지 않았다.

그건 메를리니도 마찬가지였다. 그렇게 아빅을 돌려보내고 얼마 지나지 않아 차코가 황급히 찾아왔다. 그는 헐레벌떡 달려와 선왕의 몸에서 뭔가가 발견됐다고 보고했다.

"희미하지만 선왕의 손바닥에 핏물이 묻어 있었습니다."

"핏물?"

"예. 루티아르 왕국에는 그런 풍습이 있지 않습니까? 두 사람의 지장으로 하여금 맹세의 의미를 표시하는 방법이요. 예부터 금가루를 뿌린 뒤 증명의 마법을 펼치면 지문이 확인되기 때문에 가능했던 전통. 아무래도 그걸 위해 지장을 찍으신 것 같습니다."

"지장이라…… 대체 누구랑…… 아! 하밀 경! 당장 아빅 그라브를 데려오시오! 증명의 마법으로 그의 손을 살펴보시오!"

"알겠습니다."

차코는 품에서 금가루가 들은 주머니를 확인하고는 막사 바깥으로 향했다. 그때였다. 예비 용의자의 입장으로 레인 디너즈가 막사 안으로 들어왔다. 그는 차코를 막아서며 씩 웃었다.

"차코 하밀 경, 어딜 그리 급하게 가십니까. 일단 저에 대한 심문? 그런 걸 하고 가셔야지요."

레인이 손짓하자 보이지 않는 바람의 벽이 입구를 봉쇄해 버렸다.

차코는 가만히 멈춰 서서 레이드를 바라봤다. 레이드로부터 대기하라는 눈짓을 받은 뒤에야 잠자코 상황을 관망했다.

레이드가 말했다.

"레인 디너즈 공, 어째서 입구를 봉한 것입니까?"

"방금도 말씀드렸다시피 저는 모든 책임자가 위치한 자리에서 확실하게 공증을 받고 싶습니다. 그러니 하밀 경도 함께해야지요."

"……."

메를리니를 비롯한 세 사람은 묵묵히 레인을 쳐다봤다. 아빅의 우물쭈물하는 태도와는 달라도 너무 달랐다. 당당하다 못해 여유로워 보였다. 자베와 갈릴리도 이 정도까진 아니었다. 그래서 짚고 갈 필요가 있었다. 아빅에 대한 조사를 그 뒤로 미뤄놓는 한이 있어도.

"다이스 콘 경이 임무를 수행 중이었을 때, 선왕을 뵈었다고 들었습니다. 그때 무슨 이야기를 나눴고, 왜 찾아갔으며, 이후 무얼 하셨는지 말씀해 주십시오."

"우승을 포기했던지라 선왕을 만나 뵙고 담소나 나눌 생각이었습니다. 내용은 음, 말씀드리기 민망하오나 입장을 확실히 해야 하니 말씀드려야겠군요. 세계의 미녀들에 대해 이야기를 나눴습니다. 여러 여인들에 대한 감상평이 줄을 이었지요. 가령, 이번에 로베룬 왕국 대표로 찾아온 플로아 부단장이나, 지금 제 앞에 계신 붉은 왕태자비님도 화두가 됐었죠.”

그렇게 말하며 해맑은 미소를 내보였다. 태연자약한 그 자태가 오히려 의심을 사게 만들었음에도 끝까지 유들유들함을 고수했다.

메를리니는 레인의 이모저모를 살폈다. 오만? 자만? 본래의 태평함? 그런 성질의 모습도 아니었다. 차라리 그런 인간상이었다면 다행이었으리라.

새삼 제국과 마찰을 빚게 된다면 이자만큼 위협적인 적은 없을 거라 되새겼다. 증좌를 조작하는 게 가능하다면 지금 이 자리에서 제거하고 싶을 정도로.

그녀의 의도를 아는지 모르는지 레인의 말은 주저 없이 계속되었다.

“이렇게 말씀드리면 고인을 모욕하는 중죄일 수 있지만, 선왕께서는 정말이지 여성에 대해선 놀라운 안목을 지닌 분이셨습니다. 뭐 그러셨으니 데레니아 왕비님처럼 고매하신 여인을 아내로 두신 것이겠죠. 누구인지 몰라도 그런 분을 시해했다니, 참으로 분하고 원통할 지경입니다…….”

레인은 말끝을 흐리며 침울한 표정을 지었다. 그의 급작스럽게 가라앉은 태도 또한 의심을 사기에 충분했다. 일등 연극배우의 뺨을 후려칠 법한 뛰어난 솜씨의 연기라고 해도 손색이 없었다.

분명 어조와 표정 모두 감정적이고 솔직해 보였지만, 오히려 그래서 믿음이 가지 않는 것도 사실이었다. 한편으로는 상대가 그렇게 생각할 걸 알면서도 굳이 의심을 살 모양새를 보인단 점에서 아리송하기도 했다.

"다이스 콘 경이 진술했던 그대로군요. 알겠습니다. 추후, 다시 부를 일이 있으면 연락드릴 테니 그만 돌아가십시오."

"예. 하루 빨리 범인이 잡히길 기원 드립니다. 부디 바람의 쌍둥이 여신의 가호가 함께하시길 바랍니다."

레인은 막사를 나서는 그 순간까지도 심각한 얼굴을 고수했다. 어째서 이토록 의구심을 유발하는 행동을 계속하는 것인지. 마치 자신에게로 표적이 쏟아지길 바라는 것처럼, 진짜 범인을 가려주려는 것처럼.

거기까지 생각했을 때, 세 사람의 뇌리에 어떤 인물이 번뜩 떠올랐다.

"아빅 그라브…… 하밀 경!"

"예! 당장 데려오겠습니다!"

최악의 경우, 아빅이 레인의 사주를 받아 선왕을 독살했다는 근거로까지 생각이 뻗었다. 그에 따라 지장으로 하여금 뭔가의 대가를 받기로 약조했을 수도 있었다. 일단 아빅을 다시 조사해 보면 확실해질 사항이었다.

이윽고 거의 연행되다시피 끌려온 아빅은 아까보다도 더 긴장한 모양새였다. 말투에서도 불안한 감정이 잔뜩 서려 있었다.

"무, 무슨 연유로 저를……."

"지장은 어디에 박으신 것이오?"

"……."

"이미 알고 있소."

"……."

"말로는 안 되는 건가."

레이드는 허리춤에서 검을 빼 들었다.

그제야 아빅이 덜덜 떨리는 손으로 뭔가를 꺼내 보였다. 그것은 서약서였다. 두 개의 지장이 선명하게 박혀 있었다.

"선왕께서 저와의 소박한 약속을 지켜주시겠다며 이렇게 지장을 공유해 주셨습니다. 내용은 선왕께서 읊으시는 대로 제가 적었습니다……."

차코가 금가루를 이용해 증명의 마법을 펼쳐 확인해 보니 하나는 아빅의 것이었고, 나머지 하나도 선왕의 옥체에 찾아가 대조해 보니 과연 지문이 맞았다. 더 이상의 추궁은 의미가 없었다.

레인의 미심쩍은 태도 때문에 아빅을 몰아붙여봤자 얻을 게 없었다. 차라리 그럴 시간에 다른 공범으로 예상되는 인물을 찾는 게 옳았다.

그렇게 아빅을 돌려보냄으로써 마지막의 마지막까지 용의자들을 만나보는 시간이 끝났다. 세 사람이 제각각의 뛰어난 안목을 가졌음에도 이렇다 할 수확은 없었다.

이대로 아무런 방도 없이 하루를 보내야 하나 싶은 그때. 유지니가 땀으로 흥건한 몸을 이끌고 메를리니를 찾아왔다.

“마마, 지금 막 제국에서 돌아왔습니다. 마마께서 아직 돌아오시지 않아서…… 부득이하게 이곳까지 찾아왔습니다.”

“그래. 너의 그런 책임감이 마음에 든단다. 일단 숨 좀 고르려무나.”

“네.”

유지니는 적당히 몸을 추스르며 숨을 가다듬었다. 어린 나이었지만 충분히 단련돼 있었고, 관리하는 방법에서도 출중했다.

그런 그녀가 육체에 부담이 올 정도로 달려왔단 것은 그만큼 시급한 사안이란 뜻이었다. 이윽고 숨을 가다듬은 유지니는 품에서 데미안의 서신을 꺼내 건넸다.

"그 문서를 보시면 더 상세히 아실 수 있을 거예요. 그래도 데미안 씨는 제가 직접 말씀드리길 원하시더군요. 제국 관료들은 대개 눈치를 살피느라 입 바깥으로 표현은 안 했지만, 선대 황제는 펜홀 왕국에서만 나는 어떤 식물의 주요 성분을 섭취했던 것 같아요. 연록 산호초라고 들었어요."

*　　*　　*

유지니가 급보를 알린 그날 저녁부터 난리 아닌 난리였다. 루티아르 왕국 병사들이 막사들을 하나하나 수색하기 시작했다.

용의자로 지목됐던 불쾌스러운 대우도 참아낸 이들이었다. 자베를 비롯한 인사들이 사양 않고 숙소를 개방하자, 다른 이들도 큰 불만 없이 막사 내부를 공개했다.

간혹 개인적인 물건이 있다며 항의하는 이도 몇몇 있었으나, 도리어 그들은 더욱 심도 있게 수색이 진행돼서 곤욕만 커질 뿐이었다.

완전히 깜깜해진 새벽 무렵에는 수색 작업을 중지했지

만, 그 사이에 누군가 물건을 옮기지 못하도록 철저히 감시했다. 이튿날이 밝기가 무섭게 아침나절부터 다시 수색이 전개됐다.

오후 무렵이 돼서야 대부분의 수색 작업이 끝났다. 거의 막바지에 다다른 가운데, 바람의 재상 레인 디너즈의 방에 대한 대대적인 캐내기가 시작됐다. 이곳만큼은 다른 곳보다 더욱 꼼꼼하게 살폈다.

"이거, 이거. 유독 제 방 근처만 열심히 수색하시는 것 같은데. 제 기분 탓입니까?"

"예, 기분 탓이십니다."

"차코 하밀 경도 그런 농을 던지실 줄 아시는군요."

"그저 사실을 말씀드린 것이지요."

차코는 지난날, 왕태자 내외와 자신을 우롱하듯이 장난스러운 태도를 일관했던 레인에게 악감정이 남아 있었다.

거기다 선대 황제의 죽음이 연록 산호초에 의한 것이었다면, 그 실행자로서 가장 유력한 것은 다름 아닌 레인이었다.

증거만 나온다면 당장에라도 레인의 오만방자함을 꾸깃꾸깃 짓눌러버리고 싶은 심정이었다. 명예로운 왕비의 여섯 기사이자, 학문의 본고장이라는 신탑 요네룬 대학자의 자존심을 걸고서.

“뭐 좀 나온 게 있습니까?”

“죄송합니다, 하밀 경. 아직까지는 큰 단서 같은 게 없습니다.”

“으음, 그럴 리가 없을 텐데.”

차코는 뺨을 긁적이며 막사 안을 두리번거렸다. 그의 직속부하들은 정말 과하다 싶을 만큼 세세하게 수색 중이었다. 그러나 먼지 한 톨도 놓치지 않겠다는 듯 쌍심지를 켜고 찾아봐도 별다른 게 발견되지 않았다.

심증은 있는데 물증은 없는 상황.

차코는 입술이 바싹바싹 마르는 기분이었다.

그 외에 레인이 머무는 막사 주변에도 딱히 이상한 점은 없었다. 잔뜩 찡그린 얼굴로 수풀을 이리저리 헤치며 곳곳을 살피던 중, 뭔가가 발치에 걸렸다.

“음?”

뭔가 하고 살펴보니 천으로 만든 주머니였다. 검은 천에 황금빛 자수가 놓여 고급스러웠다.

뿌드득뿌드득, 손가락에서 느껴지는 촉감은…….

“설마…….”

차코는 파란 끈을 풀어서 주머니 안의 내용물을 확인했

다.

오른손에 꺼내보니 예상대로 녹색 가루였다. 조심스럽게 코를 들이밀고 향을 맡아봤다. 시큼하면서도 밍밍한 향기였다. 독초도감에 적혀 있던 내용 그대로였다.

"……."

물증이 될 만한 연록 산호초 가루를 찾았으니 모든 게 잘 풀리는 건 맞았다.

일사천리? 계획대로? 일이 순탄하게 진행될 것은 분명했다. 이것만 있으면 어떻게든 바람의 재상을 엮어서 날려버릴 수는 있을 것 같았다.

그런데도 섣불리 나서지 못하는 이유. 그것은 차코가 레인에게 자존심이 상했었던 이유와 상통했다.

'차라리 막사 안에서 발견됐다면 이런 기분이 들지 않았을 것이다. 왜 하필 막사 근처 수풀 속에 떨어져 있는 건가…….'

오만방자한 레인의 면모. 그리고 너무 쉽게 발견된 증거물. 마치 자신이 범인이니 요주의 대상으로 생각해라, 그리고 잡아라, 하고 표현하는 것 같았다.

하나 설사 그렇다 한들, 차코 혼자의 독단으로 정할 일도 아니었다. 그는 가루를 도로 주머니에 담고는 레이드를 찾아갔다.

레이드의 분노는 쉬이 가시지 않았다.

메를리니 또한 차코와 마찬가지로 조심성을 요하길 바랐으나, 레이드만은 감정에 치우치고 말았다. 그 또한 두 사람처럼 조심성이 없었던 건 아니었다.

단지 아버님을 노린 흉계에 대한 분노와 그 유력한 용의자가 레인이었다는 것에 감정이 기울어버렸다.

* * *

“이거 참. 모함도 이런 모함이 없겠군요. 잘 생각해 보십시오. 제가 선왕 전하를 시해하여 얻는 게 없지 않습니까?”

레인은 두 손을 번쩍 들어 항복 의사를 표했다. 이미 막사 주변은 왕태자의 명령을 받은 병사들이 에워싼 직후였다.

병사들의 등 뒤로 각국의 귀빈들을 비롯한 사냥 대회에 참석했던 관료들이 서 있었다. 그들은 한결같이 사건의 진위가 어떻게 판가름 날지 잔뜩 기대하는 중이었다. 국왕 시해의 주범이 바람의 재상이라면 더할 나위 없는 재밋거리였다.

결과에 궁금해하며 왁자지껄한 분위기가 사람들의 이모저모에서 드러났다. 때로 선왕의 영혼을 달래듯 침울해하는 사람도 더러 있었다. 환희와 애환 중 어떤 쪽이든, 레이드가 손짓하자 숨죽이듯 조용해졌다.

레이드는 차분히 레인과 마주했다.

"레인 디너즈 공."

"왕태자 저하, 이건 정말 모함입니다."

"정말 그렇게 생각하십니까?"

"예. 저는 억울합니다."

"하. 차라리 진짜로 억울한 감정이 있는 거라면 좋으련만."

레이드는 고개를 가로저었다. 어째선지 레인에게선 진심이 느껴지지 않았다. 진실을 가려놓은 거짓의 표정 같았다. 억울하다고 말하지만 정말 답답하고 미쳐버릴 것 같아서 그러는 것 같지가 않았다.

그는 뛰어난 연극배우 중에서도 일류는 못 되는 이류 배우 같았다. 차코가 증거물 및 정황에 대해 설명하는 동안에는 삼류 연기로 전락했다. 레인이 보여 준 행동거지는 진실의 가면을 쓴 거짓이었다.

감옥 수레에 실려 가는 동안에도 평소보다 음산하고 우

울한 분위기를 자아냈다. 지방 영지를 빠져나와서 수도 레필타로 입성하는 동안에도 줄곧 그런 느낌이었다.

레필타의 도보를 지날 때마다 어떻게 알았는지 백성들이 레인을 비난하기 시작했다. 국왕을 시해한 자라는 등, 제국에 피바람을 몰고 왔다는 등, 젊은 데 싸가지가 없다는 등, 수없이 많은 비난의 목소리가 이어졌다.

가끔씩 모난 돌멩이가 날아와 레인의 이마가 찢기는 일도 발생했다. 그럴 때면 병사들이 국민들을 제지했지만, 어찌나 건성으로 막던지 금세 뚫려서 날달걀과 욕이 한 바가지씩 쏟아졌다.

평소 낮은 신분 때문에 위축되고 말도 제대로 못 하고 살았던 울분이 애꿎은 레인에게로 몰리는 중이었다. 국왕을 죽였다면, 그게 이국의 재상이었든, 영웅이었든, 적어도 이곳 루티아르에서는 대역죄인이었으니까.

"으음……."

레인은 레필타 백성들의 분노가 어느 정도일지 짐작이 갔다. 그의 존재는 분분했던 루티아르의 민심을 하나로 모으는 역할도 했다.

음유시인들이 힘 빠진 바람의 재상이라는 노래 문구를 읊으며 가사를 적어 내렸고, 이야기꾼들도 입에서 입으로 소문을 퍼트리는 것에 희열을 느끼기 일쑤였다.

그 소문은 루티아르뿐만 아니라 전 세계적으로 널리 퍼지기에 이르렀다.

* * *

그 죄가 무거웠던 만큼 레인은 따로 독방을 받지도 못했다. 다른 자잘한 죄수들과 함께 일반 철창 안에 갇혔다.

간혹 뭣 모르는 옥수가 괜히 시비를 걸기도 했는데, 어째서인지 레인은 아무런 반항 없이 맞거나 곤욕을 당했다. 꼭 인생의 허무함을 느끼는 인간 군상의 모습처럼 나약해 보였다.

그러나 메를리니의 눈동자에 비친 레인의 행동거지에선 예전의 느낌이 없지 않았다. 미세했지만 눈동자에서 의기가 엿보였다.

그래서 메를리니는 미묘한 불안을 떨쳐 내지 못했다.

이번 사건으로 제국에서 파견 나온 외교관들은 어째선지 레인을 보러 오지도 않고 있었다. 단순히 버리는 패? 라고 보기엔 레인이 지금껏 일궈놓은 업적이 많았다.

"이득도 없고 대우도 받지 못하는 허술한 계획이었네요.

바람의 재상."

"여어…… 붉은 왕태자비 마마가 아니십니까."

레인은 초췌한 얼굴을 들어서 메를리니를 쳐다봤다. 손과 발이 후들거렸지만 혀끝에서 굴리는 말투에는 예전 그 느낌이 섞여 있었다.

"타국 왕을 시해한 죄는 설사 제국이라도 발 벗고 나서 줄 수 없어요. 지금이라도 죄를 뉘우치고 용서를 구한다면 조금의 아량을 베풀어드릴 용의는 있는데요."

"누누이 말씀드리지만 저는 억울합니다. 선왕을 해하지도 않았거니와 그 어떤 일에도 일조하지 않았습니다. 어차피 제 말은 아무도 믿어주지 않으면서 무슨 용서와 아량이십니까."

"그렇지 않아요."

메를리니는 종목걸이를 만지작거렸다. 여신의 종을 중심으로 감옥 한편에서 밝은 빛이 번쩍였다. 깜짝 놀라 달려온 간수들은 또 한 번 놀랐다. 왕태자비가 양손에 빛 덩어리를 움켜쥐고 있었다. 왕태자비 메를리니가 살며시 웃음을 머금으며 말했다.

"아무 일도 아니에요."

"예. 저희가 너무 과민반응을 한 것 같습니다. 그만 돌아가 보겠습니다."

간수들은 별 불만 없이 입구 쪽으로 돌아갔다. 그들의 힘 빠진 뒷모습을 바라보며 메를리니는 어깨를 으쓱했다. 그녀의 그윽한 눈빛은 다시 레인에게로 향했다. 레인의 너저분한 몰골을 응시하니 참으로 인생사 무상이란 기분이 들었다.

"다시금 말씀드리지만 죄를 인정하신다면 편하게 해드릴 수 있어요."

"짓지 않은 걸 지었다고 거짓을 토해 낼 순 없습니다. 다시 말씀드리지만 저는 억울하고 진짜 범인은 따로 있을 것입니다."

"네. 당신의 말대로 진범이 따로, 잠깐……."

범인이나 죄인이란 간주에 드는 이들은 꼭 자신이 죄가 없고 진범이 따로 있을 거란 말을 종종 하는 편이다.

그러나 이번과 같은 경우는 사건의 질이나 크기가 일반적인 때와는 비교가 불가한 사안이었다. 판이 뒤엎어졌을 때의 파급력. 문득 진범이 따로 있다는 게 명명백백 밝혀진다면 어떻게 될지 생각해 봤다.

"설마……."

"설마가 사람을 잡는다는 말이 있기도 하지요."

이제 레인의 얼굴에는 이전과 비슷했던, 아니, 이전처럼 유연한 면모가 드리워졌다. 그것은 위화감 따위로 인한 착각이 아니었다.

현 상황이 뒤틀려졌을 시에 찾아올 혼란을 떠올려본 메를리니는 서둘러 감옥을 나섰다. 그리고 이 위기를 해결할 인물을 찾아 헤맸다.

하나 그녀가 대책을 찾기도 전에 일은 터져 버렸다. 터무니없는 간계의 함정이었다. 이미 루티아르뿐만 아니라 전 세계가 빠졌던 그것이 세상에 머리를 들이밀었다.

이튿날, 청천벽력과도 같은 소식이 메를리니의 귓가는 물론 레필타 전역에 울려 퍼졌다. 레필타 중앙광장에 위치한 황금 대종을 울리며 한 사내가 목소리를 드높였던 것이다.

조용한 새벽녘에 발한 목소리는 선명하게 사람들의 귓가로 파고들었다. 크고 애절한 목소리의 주인은 국왕의 호위기사를 맡은 바 있었던 아빅 그라브였다.

황급히 왕국군 병사들이 몰려와 그를 연행해갔지만, 이미 그가 어떤 죄를 지었는지, 왜 그런 죄를 저질렀는지 등등의 이야기가 음유시인과 이야기꾼의 뇌리로 속속들이 들어갔다.

결국 소문이 퍼지는 것을 막을 재간이 없었다. 바람의 재상을 비난하고 헐뜯었던 여론은, 삽시간에 옹호하고 불쌍히 여기는 성향으로 뒤바뀌었다.

한편 고문장으로 끌려온 아빅은 같은 말을 반복했다.

"다 재물과 권력 욕심에 눈이 멀었던 제 잘못입니다. 왕을 죽이고 그의 손가락과 제 손가락을 마주 대고 지장을 찍었고, 그걸로 희희낙락하며 살 생각이었습니다. 독살할 때 사용했던 가루 주머니를 제국 재상 막사 근처에 놔둔 것도 저였습니다. 제 계획은 완벽했고…… 윽."

차코가 아빅의 멱살을 잡았다.

"웃기지 마시오. 지금 거짓을 고하는 걸 누가 모를 줄 아시오? 아빅 그라브, 제국의 사주를 받은 것이오?"

"아, 아닙니다. 정, 정말 제가 그랬습니다……."

"그렇다면 왜 이제 와서 이실직고를 하고 자수를 한 것이오?"

"자, 잠을 못 자겠습니다. 하루하루가 지옥 같습니다. 죽은 왕이 꿈자리에 나타나 저를 괴롭히고 죽이려 하고……."

"……."

잡고 있던 멱살을 놔주자 아빅은 고문 의자에 구속된 그대로 경기를 일으키듯 몸을 부들부들 떨어댔다. 연기는 아닌 것 같았다. 거짓으로 표현하는 것이라고 하기엔 너무나 현실적이었다.

악몽에 대한 두려움이든, 다른 무언가에 대한 맹목적인 두려움이든, 그 근원이 두려움에 있다는 것만은 분명했다.

그때 메를리니가 헐레벌떡 고문장으로 들어섰다.

어떻게 진행되고 있느냐는 물음에 차코는 사태의 심각성에 대해 보고했다.

처음 레인을 구속했을 때와는 달라도 너무 달랐다. 한 번 뒤엎어진 판을 다시 복구하는 방법이란 없다시피 했다. 두 사람은 제대로 뒤통수를 얻어맞은 기분이었다.

제6장

하늘의 그림자

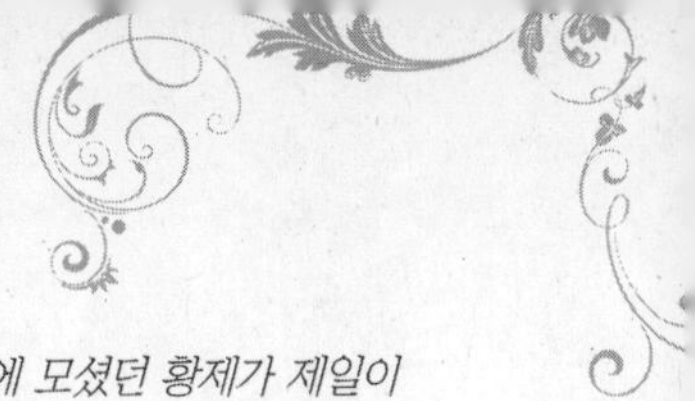

『한평생 세 명의 황제를 모셔왔는데 그중 마지막에 모셨던 황제가 제일이었다. 그러나 그가 제일이란 말을 들을 수 있었던 것은 역시 그의 그림자가 뛰어났기 때문이리라. 제국의 수많은 인재 중에서도 그자는 특히 돋보였다. 별궁의 이름을 바람궁이라 명명한 것도 그 때문이리라.

-황제의 자문관 로이드 페필테의 회고 中』

루티아르 왕국은 연이은 문제로 몸살을 앓는 중이었다. 루투스 국왕이 독살로 운명한 게 첫 번째였고, 빈 왕좌를 누군가로 채워야 하는 게 두 번째였다.

그러나 루티아르 왕국은 새 왕의 즉위식보다도 더 시급한 문제에 직면하고 말았다. 지난날, 비극으로 끝난 사냥대회에서 범인으로 지목됐던 바람의 재상이 무죄로 풀려났기 때문이었다. 그것도 진범이 자수하면서 사건이 해결된 거라 더욱 문제가 컸다.

결국 루티아르 왕국은 다이헤르 제국의 노여움을 사게 되었다. 더불어 무고한 바람의 재상을 핍박했다는 오명과 함께 전 세계적으로 망신살이 뻗치기도 했다.

딱히 두 나라 사이에 상하 관계가 존재하진 않았지만, 황제의 의형제였던 바람의 재상 레인 디너즈를 무고하게 구속했던 건 큰 파장을 일으키기에 충분했다.

하마터면 제국의 기둥을 잃을 뻔한 위기이기도 했으니 황제의 분노는 쉬이 가시지 않았다. 이번 일을 추궁하기 위해 제국에서는 고위 관료들을 여럿 파견했다.

그들은 루티아르에 도착하자마자 이번 사건에 대해 면밀하게 따지고 들었다. 물론 그 진행의 주 책임자는 사건의 피해자였던 레인 디너즈였다.

무겁게 내려앉은 접견실의 분위기에 궁인들은 입이 바짝 마르는 기분이었다. 명에 따라 물 잔을 하나하나 챙겨줄 때도 행동이 조심스러웠다. 그들이 아는 인물 중에서 가장 무서운 존재였던 데레니아 왕비의 진노가 공기에 묻어났다.

"레인 디너즈 공, 우리의 잘못에 대해선 크게 뉘우치는 중이오. 이것은 며칠 동안 그대들이 추궁하고 부탁했던 조건에 최대한 맞춘 공물의 정리본이오."

데레니아가 건넨 문서를 받아 든 레인은 고개를 갸웃거

렸다.

"데레니아 왕비님, 공물 내용은 훌륭합니다. 그런데 제가 귀가 잘 안 들려서 재차 여쭙니다만. 설마 공물을 바친다는 조건으로 이 상황을 무마하시겠다는 것인지요. 저는 생명의 위협을 받은 건 물론, 천하의 불한당으로 전락했었는데 말입니다."

"공의 노고를 모르는 것은 아니나, 그 이상은 내줄 수 없소."

"억류되어 있는 동안 하루 이틀 고생한 게 아닙니다. 그래도 저는 예의를 아는 사람입니다. 아버님을 잃으신 왕태자님의 애환을 이해해드리는 바입니다만, 아무래도 서로 입장이란 게 있지 않겠습니까."

무표정으로 잘도 지껄였다. 레인의 가벼운 빈정거림에 데레니아의 미간에 주름이 바짝 잡혔다. 그녀는 냉정을 고수하고 있지만 언제 폭발할지 모를 화산이었다.

남편의 죽음을 애도할 겨를도 없었고, 정황상 남편을 죽인 자가 누구인지는 불 보듯 뻔했다. 그 빌어먹을 살인자에게 더 이상 굽힐 마음은 눈곱만큼도 없었다.

데레니아는 신경질적으로 물 잔을 빙글빙글 돌렸다. 더는 심기를 건드리지 말라는 표시였다.

그 낌새를 가벼이 여길 레인이 아니었다. 그 또한 눈치 없이는 지금의 자리에 오를 수 없었다. 황제의 최측근이자 3재상 중 하나로서, 이 이상 주제넘은 협잡 짓을 하다가 양국 간의 불화를 만들 순 없었다.

엄연히 두 나라는 주종 관계가 아니었고, 데레니아란 여인은 루티아르의 국왕조차 넘어선 권력의 소유자였다.

레인은 돌아가는 판도를 재정리해 봤다. 분명 이번 공물로 이어졌던 계획은 최고의 한 수였으나, 이 이상 선을 넘는 건 무리수였다.

"알겠습니다. 약속하신 대로 공물에 대한 협약으로 마무리 짓겠습니다. 허나 이번 일로 루티아르는 저희 다이헤르에게 큰 빚을 지셨음을 인지해 주셨으면 합니다."

"……."

"그럼 이만 물러가 보겠습니다. 루티아르 왕국에 쌍둥이 여신의 가호가 함께 하기를."

예의를 갖추는 시늉을 하긴 했지만, 레인은 입 밖으로 삐져나오려는 웃음을 참느라 고생했다. 마른 입술을 다독이듯 혀를 날름거리는 걸로 참았다. 하나 그 임기응변을 데레니아가 놓칠 리 만무했다.

데레니아는 레인과 그 일행이 궁전을 빠져나가는 그 순

간까지 창밖을 뚫어져라 쳐다봤다. 빌어먹을 뒤통수들이 시야에서 사라질 때까지.

"향설."

"네, 마마."

"검을 뽑아보아라."

향설은 의문 따위 두지 않고 검을 뽑아 들었다.

날카로운 칼날은 빙글 한 바퀴 돌아서 바닥으로 내려앉았다. 바닥에 맞닿은 검의 끝자락을 데레니아의 시선이 훑었다. 그녀의 눈빛은 여러 의미를 내포하는 듯 깊고 고요했다.

"네 검은 누구에게, 어디에 있지?"

"왕비님께 있습니다."

"그래, 내 품 안에 있는 검이지. 향설, 다음에 아까 그 기생오라비 놈의 목을 치라 명하면 지체 없이 검을 내려쳐라."

"예. 마마의 기대에 부응하겠습니다."

다음이 아니었다.

방금도 명령만 떨어졌다면 한 치의 망설임 없이 바람의 재상을 베어 버렸을 것이다. 향설도 새파랗게 젊은 사내가 자신의 주군을 모욕하는 꼴을 눈 뜨고 지켜보기 힘들었다.

"향설, 세작들을 시켜 제국의 동향을 더욱 면밀히 살피도록 지시하고, 너 또한 은밀히 바람의 재상의 일거수일투족을 파악해라. 기분 탓인가, 바람의 재상이라는 놈은 이걸로 끝낼 놈이 아니다. 녀석의 다음 수를 끊는 게 최우선 과제야. 알겠느냐?"

* * *

"예. 듣고 있습니다. 그러니 잔소리는 이만하시지요, 페필테 공."

"저는 공이 아니라고 몇 번을 말씀드려야 합니까. 역시 당신은 제 말을 그다지 귀 기울여 듣지 않으시나 봅니다."

"로이드 페필테 공을 무시할 수 있는 사람이 제국에 몇이나 된다고 그리 말씀하시는 건지."

로이드는 한숨을 내쉬며 마차 빗장을 올렸다. 능글맞고 장난기가 넘쳐 나는 상대와 계속 대화하다간 속에서 열불이 날 것 같았다.

시원한 바람이 피부를 타고 머릿속의 열을 스르르 가라앉혔다. 마차 밖으로 보이는 가로수 길을 구경하던 시선은 다시 정면의 상대에게로 돌아갔다.

"레인 디너즈 공, 바람의 재상이라는 별명을 누가 지었는지 몰라도 정말 잘 지은 것 같습니다. 아마 당신만큼 세간의 별명이 어울리는 사람도 드물겠지요."

"그리 대단한 별명도 아니지요. 원래는 이렇다 할 별칭도 없었는데 재상이랍시고 이야기꾼들이 자기들 멋대로 만들어 낸 것이기도 하고요."

레인은 창가에 팔꿈치를 올리고 턱을 괴었다. 선선한 바람에 그의 장발이 살살 휘날렸다. 여성의 머릿결처럼 부드럽고도 긴 머리카락이었다. 그 검은 머리와 한 세트를 이루듯 갖춰 입은 칠흑의 제복. 그리고 어찌 보면 가볍다 못해 어수룩하다고 여겨지는 사내.

참으로 이해하기 힘들어서 로이드는 레인을 몇 번이고 재보려 한 적도 있었다. 그러나 결국엔 이해하기를 포기하고 인정이라는 위안을 선택했다.

마차가 덜컹거렸다.

턱을 괴고 있었던 레인의 자세가 흐트러지더니 주춤했다. 엉겁결에 로이드가 레인을 쓰러지지 않도록 받쳐 주었다.

"괜찮으십니까?"

"예. 덕분에."

"진짜 모습을 감추시는 것도 좋지만, 너무 과해도 좋지 않은 법입니다."

"뭐 어쩌겠습니까. 로이드 자문관께서 생각하시는 그 모습들 모두가 제 모습인걸요. 위풍당당하게 걷다가도 짱돌에 걸려서 넘어질 위기에 처하는 남자와, 좌중을 압도하는 무게감을 잔뜩 뿌려 대는 남자. 이 두 모습이 모두 저입니다."

"하긴 그렇기도 하군요."

로이드도 고개를 끄덕거리며 수긍했다.

그쯤 마차는 가로수 길을 벗어나 돌다리 위를 지나가기 시작했다. 알맞게 균형을 맞춘 돌다리는 마차 바퀴와 규칙적인 하모니를 이루었다.

"로이드, 당신이 보기에도 이번 계획이 폐하의 장대한 꿈에 이바지하고 있다고 생각하십니까?"

"입에 발린 답변이 아닌, 진솔한 답변을 원하시는군요. 재상께는 죄송하지만 솔직히 저는 이번 일이 제국에 도움이 되는지 잘 모르겠습니다."

"과연 세 명의 황제를 보필한 자문관답군요. 달콤한 말만 하는 자문관이라면 차라리 없는 게 낫지요."

레인은 빙긋 웃었다.

잠시간 두 사람 사이에 정적이 흘렀다.

조용한 분위기를 깨려는 듯 레인이 마차 빗장을 내리고 바람의 쌍검을 꺼내 보였다. 푸른빛으로 물든 쌍검에서 잔잔한 바람이 생겨났다.

방금까지 만끽했던 창가 바람보다 더 차갑고 시원한 기운이 마차 안을 가득 메웠다.

로이드가 감탄사를 던졌다. 지금껏 몇 번이고 겪었던 기운이었지만 매번 느낄 때마다 색다른 기분이었다.

"재상의 힘은 과연 신비롭고도 대단하십니다."

"제 힘이라기보다는 바람의 쌍둥이 여신이 가호를 내리고 있는 것뿐이죠."

"전혀 그렇지 않습니다. 재상께서 신의 헌사를 받았기 때문에 가능한 게 아니겠습니까. 신의 힘을 매개로 세상을 살아가는 이가 재상 말고 또 누가 있겠습니까?"

"로이드, 정보력을 더 기르셔야겠습니다. 이참에 세작들을 루티아르 왕국에 추가로 더 심어보시지요."

"예? 무슨?"

"이번에는 제가 이겼거니와, 아마 한 번 더 쐐기를 박을 참이지만, 그래도 그녀의 존재는 무시할 수 없겠더군요. 여신의 종을 지닌 여인이 부상할 수 없도록, 이참에 제대로 날려 버릴 생각입니다. 다시는 기어 올라오지 못하도록 말입니다."

로이드는 영문을 모르겠다는 얼굴이었다.

레인은 빙그레 웃으며 짧게 한마디로 끝을 맺었다.

"그런 게 있습니다."

*　*　*

"그게 뭔데?"

"나도 그걸 모르니까 답답한 거야."

"그렇다면 이번에는 그냥 가만히 있는 게 낫지 않을까? 사냥 대회 때도 괜히 건드렸다가 낭패를 본 거라고 들었어."

이르에는 손가락 마디를 두둑, 두둑 매만졌다. 소파에 앉은 그대로 기지개를 켜보기도 했다. 임무를 마치고 돌아온 지 얼마 안 돼, 새로운 난제에 직면해서 영 상태가 좋지 않았다. 더욱이 머리 쓰는 일은 자기 분야도 아니었다.

메를리니가 말했다.

"나도 되도록 긁어 부스럼을 만들고 싶지는 않은데, 답답한 걸 어찌하겠어. 뭔가 아직 남아 있어. 이르에, 잘 생각해 봐. 네가 국왕 암살을 시행하고 이번과 같은 뒤통수치기를 계획했어. 근데 단순히 공물을 받는 걸로 끝낸다?"

"그 이상을 바라면 양국 간의 마찰 여부 때문에 무리수가 될 수 있다고 그랬잖아. 특히 지금처럼 나라 전체가 도탄에 빠진 시기라면."

"맞아. 현재로선 그래. 괜히 들쑤셨다간 분노의 화살이 제국으로 향할지도 모르니까."

메를리니는 의자 등받이에 기대고 살며시 눈을 감았다. 허무맹랑한 망상을 조립해 보기도 하고, 나사 빠진 생각들의 모음을 순서대로 나열도 해 봤다. 한참을 그렇게 생각의 끈과 끈을 이어보았다. 여전히 눈꺼풀은 굳게 감긴 채였다.

"이르에, 네가 바람의 재상이라면 어떤 수를 준비해 뒀을 것 같아?"

"글쎄다. 나는 그런 잔머리 쪽에는 소질이 없어서."

"일단 국왕 시해자의 주범인 아빅 그라브는 곧 사형에 처해질 테니 논외로 두고. 제국은 바람의 재상을 구속했던 것에 대한 대가로 매년 공물을 받기로 했지. 우리나라를 더 민망하게 혹은 미안하게 만들려면, 뭔가 이번 사건과 관련하여 생색을 낼 건수가 더 필요하겠지?"

"어어. 그렇겠지."

메를리니의 입가에 희미하게 미소가 어렸다.

"제국이 우리에게 은혜를 베풀어주며 생색을 낼 수 있는 수단. 우습게도 지금 이 순간, 아둔한 내 머릿속에 그려지는 세 명의 사람이 있어. 그게 누굴 것 같아?"

"수수께끼는 그만. 그게 누군데?"

메를리니는 눈을 감은 채 오른손을 펴보였다. 그리고 검지와 엄지만 접었다. 그리고 세 개의 손가락만 핀 상태로 이르에의 목소리가 들리는 방향으로 내밀었다.

"아빅 그라브의 아내와 두 아들."

* * *

사냥 대회에서 루티아르 국왕 시해 사건이 벌어졌던 비극의 날.

같은 날, 다이헤르 제국의 서부 변방 도시 에주하트.

해가 중천이었다.

마디나는 정돈되지 않아 엉망인 머리를 어루만지며 주변을 둘러보았다.

골목 어귀에는 거지들이 즐비했고, 그나마 가옥이라고 이름 붙여진 건물들도 온통 허름한 곳뿐이었다. 먼저 깨어난 거지들이 도보 구석구석에 자리를 잡고 있었다.

마디나는 어린 두 아들을 데리고 골목 어귀를 방황했다. 겨우 자리를 잡고 담요로 몸을 감싸고 앉았다. 그녀는 엉덩이 뒤에 쟁여두었던 빈 그릇을 앞쪽에 놔두고 얼른 동냥 준비를 했다.

품속에 챙겨놨던 빵 조각은 아들들에게 나눠주었다. 그렇게 하루가 저물어갔다.

루티아르 왕국에서 제국의 에주하트로 넘어온 지 나흘째. 이젠 거지 생활도 제법 익숙해졌다.

그러나 오늘은 어찌 된 게 평소보다도 돈이 안 모이는 날이었다. 돌아다니는 사람이 별로 없는 비루한 하루였다. 부랑자들로 가득한 이 거지의 거리에서 살아남기란 쉽지 않았다.

큰아들이 얼굴을 배꼼 내밀었다.

"엄마, 우리 언제까지 이래야 해요?"

"걱정 마렴. 금방 연락이 올 거야."

"아빠는 언제 와요?"

"아빠도 금방 찾아오실 거야."

그렇게 말은 했지만 속으로는 씁쓸한 감정뿐이었다. 지금쯤 남편은 희대의 촌극을 연기하고 있을 것이다. 어쩌면 그 망할 연극을 끝으로 이 세상 사람이 아닐 수도 있었다. 그래도 아이들에게만은 희망을 심어주고 싶었다.

그때 휘황찬란한 행렬이 거지의 거리를 방문했다. 동네 거지들이 우르르 몰려들어서 행렬을 떠받들었다. 마차도 말도 없는 무리였지만 호위병으로 보이는 이들의 옷에서부터 부티가 자르르 흘렀다.

그들의 중심에 있던 호리호리한 체격의 귀족은 사람 좋은 얼굴로 거지들에게 얼마씩을 나눠주고 있었다.

다른 거지들과 달리 마디나는 움직이지 않고 그 행렬이 자신의 앞을 지나가기만을 기다렸다.

행렬은 때로 오밀조밀한 골목으로 접어들었다가 다시 입구로 나와 비교적 큰 대로를 걸었다. 얼마 지나지 않아 행렬이 마디나의 바로 앞을 지나갔다.

이때다 싶었던 마디나는 얼른 자리에서 일어나 귀족에게 구걸을 했다. 그 누구보다 크게, 또 우렁찬 목소리로 팍 튀었다.

귀족은 빙그레 웃으며 마디나에게 얼마를 나눠주었다. 유난히 눈에 띄었던지라 다른 이들보다 좀 더 쥐어 주었다.

마디나는 돈을 넙죽 받으며 기뻐했다가 이내 의아한 얼굴로 귀족을 바라봤다. 귀족의 눈빛은 부랑자를 향한 경멸? 한심함? 그런 감정 따위를 내포하고 있었다.

이튿날, 그 눈빛이 어떤 의미를 담고 있었는지 확실히 알 수 있었다. 좀 더 구걸을 하기 위해 귀족을 쫓아갔던 거지들은 그대로 붙잡혀 노역으로 팔려갔다.

이유는 거지가 자기 구역을 벗어나 신성한 귀족에게 들이댔다는 것이었다. 그 영역을 넘어서면 더 이상 인간도 뭣도 아니었다.

마디나는 문득 남편이 떠올랐다. 처음 남편에게서 계획에 대해 들었을 때는 제발 그러지 말라고 말리기도 했었다.

그러나 결국 그를 믿어보기로 했다. 평소 우유부단하고 소심한 성격이었던 남편이 그토록 자신하는 건 처음 봤으니까.

"여보……."

소소한 삶이었지만 딱히 싫지는 않았다. 자신과 남편은 두 아이를 위해선 무엇이든 할 수 있었다.

나이를 잔뜩 먹은 뒤에야 겨우겨우 좋은 일자리를 꿰찼던 남편은, 늘 자기의 능력이 부족하다며 한탄하곤 했다.

그러다 이번에 의뢰받은 일을 제대로 수행해내면 상상도 못 할 부귀영화를 누릴 수 있을 거라고 자신했다. 환하게 웃으며 자신에 차있던 그 모습이 벌써 일주일도 더 전의 일이었다.

마디나의 머릿속에는 무수히 많은 생각의 궤도가 그려졌다. 이대로 하염없이 남편이나 다른 누군가를 기다리는 게 옳은 건가 싶었다.

당장 아이들의 허기부터 달래줘야 하지 않을까. 그러한 생각 끝에, 그녀는 그만 은둔 생활을 접고 뭐라도 해야겠다고 판단했다. 구깃구깃한 옷을 대강 정돈하고는 거지의 거리를 나섰다.

거지의 거리를 빠져나와 얼마간 돌아다니니 해가 저무는 중이었다. 아이들의 배에서 꼬르륵, 소리가 수신호를 주고받듯 서로 울려 댔다.

"얘들아, 배부터 좀 채워야겠구나."

마디나는 그동안 구걸질로 모았던 돈으로 밥부터 사 먹을 생각이었다. 시간이 늦어서 일반 식당은 대부분 문을 닫은 상태였기에 조금 불편하더라도 술집을 찾아 들어갔다.

'어젯밤 찾아온 손님' 이라는 간판의 술집은 그 어느 때보다 소란스러웠다.

시끌벅적한 웃음소리로 가득했다. 간혹 술김에 싸움을 벌이는 사람도 있었고, 어떤 사람은 내기에서 이겼다며 테이블에 쌓인 돈을 긁어가기도 했다.

마디나와 두 아들은 구석 언저리에 자리를 잡고 음식을 주문했다. 종업원은 그들의 옷차림과 몸에서 나는 냄새에 눈살을 찌푸렸다. 방금까지 근처에 앉아 있었던 손님들도 멀찌감치 거리를 벌렸다.

"후우……."

깨끗한 옷을 챙겨 입는 것은커녕, 급하게 루티아르의 국경선을 넘느라 제대로 여비 등도 챙기지 못했다.

그만큼 위험한 계획이었다. 아이들을 며칠 동안이나 제대로 재워주지도 못했다는 죄책감이 마디나의 가슴을 짓눌렀다. 그녀는 동냥질로 얻은 돈을 긁어모아서 작은 여관방을 구했다.

* * *

여관방에 자리를 잡고 살아온 지 수 일째.

아침나절부터 여관방 종업원이 누군가 찾아왔다며 데리러 왔다. 종업원의 안내를 받아 홀로 나서니 중년의 사내가 기다리고 있었다. 마디나가 그토록 기다렸던 인물이었다.

"그라브 부인, 이제야 찾아뵈어서 죄송합니다."

"아뇨. 지금이라도 찾아와주셔서 감사하네요. 약속만 유효하다면야…….”

“물론 약속을 저버리진 않습니다. 다이헤르 제국의 황제 자문관인 저, 로이드 페필테의 이름을 걸고 맹세하는 바입니다.”

“저, 그리고 이곳이 워낙 세상과 등지고 있는 곳이라…… 그이는 어떻게 되었나요?”

로이드는 모자를 벗어서 시선을 아래로 향했다. 바닥을 향한 눈을 통해 그의 동작이 어떤 식의 의미를 가지는지 짐작이 됐다.

“그 점에 대해선 뭐라 말씀을 드릴 면목조차 없습니다. 송구합니다.”

마디나는 어색하게 웃으며 고개를 가로저었다. 기분 탓이었을까. 남편의 죽음을 위로해 주듯 로이드의 옷차림은 검정 계열로 통일돼 있었다.

의도한 것이든 아니든, 그의 작은 배려를 보자, 그와의 약속에 믿음을 가져도 될 것 같다는 생각이 들었다.

“조금만 기다려 주세요. 아이들을 데려올게요.”

“예. 마디나 그라브 부인.”

이윽고 로이드는 짐을 싸서 나온 이들을 데리고 발걸음을 옮겼다.

에주하트의 길거리는 막 일어난 거지들로 부산했다.

세 사람을 데리고 가는 내내 로이드는 눈살을 잔뜩 찌푸렸다. 인간으로 태어났으면 보다 나은 삶을 살기 위해 노력을 해야지, 그러기는커녕 거지들은 지금 이 순간에 만족해하며 살아가고 있었다.

에주하트에 있는 거지들만 해도 이렇게 많으니 전국적으로는 몇 명이나 될지 가늠조차 안 됐다. 세 대째의 황제를 모시고 있는 로이드에게 있어 현 황제가 추구하는 목표는 현재 제국의 내정에 맞지 않았다.

그때 로이드의 발목을 누군가가 잡았다. 동냥하고 있던 거지였다.

"놓으시오."

로이드가 무표정하게 한마디 던졌다. 그래도 거지는 배시시 웃으며 손을 놓지 않았다. 주름진 얼굴에 썩은 이가 썩 어울렸다.

"황제 폐하의 자문관이오. 이 이상 심기를 건드리지 마시오."

로이드는 가슴께에 품고 있던 목걸이를 꺼내 보여주었다. 금색으로 도금된 목걸이에는 특이한 문양이 박혀 있었다.

황제가 자신의 측근에게 선물하는 특별한 목걸이였다. 거지라도 황제의 상징을 모를 리는 없었다.

"미, 미안하게 됐습니다……."

"그러니까 좀 놓으시오."

"아……알겠습니다……."

거지는 동냥 자리도 잊은 채 헐레벌떡 사라졌다. 황제의 측근을 건드리면 죽음 이외에 선택지가 없었다.

로이드는 어이가 없다는 듯 혀를 차며 가던 길을 마저 출발했다. 마디나와 아이들도 주변을 살피며 로이드의 뒤를 바짝 따라붙었다. 뭐가 어떻게 되었든 지금으로선 이 남자를 믿을 수밖에 없었다.

그들은 에주하트를 나서서 제국 서부를 가로지르는 에탄 강을 지났다. 서부의 중심 도시 마리타노까지 도착한 뒤에야 강행군은 끝이 났다. 번화가에서 시장가로 접어들자 구석 언저리에 허름한 집이 보였다.

로이드는 집 앞에서 멈춰 섰다. 바로 옆에 문이 있었지만 들어가지 않았다. 그의 시선은 벽 앞에 쭈그리고 앉아 있는 거지에게로 향했다.

"하늘의 표식."

"하늘의 그림자. 안에 계십니다."

거지는 고갯짓으로 문을 가리켰다.

로이드는 거지에게 수고비 형식으로 금화 하나를 던져 주고는 안으로 들어갔다.

건물로 들어서기 무섭게 아이들이 풉, 웃음을 터트렸다. 내부 구조가 색다른 재미를 선사해 주었기 때문이다. 우스꽝스러운 인형들과 장난감들, 그리고 피에로 분장을 한 사내가 테이블을 두고 앉아 있었다.

그의 분장한 모습이 어찌나 괴기하고 특이했던지 보통 정신 상태론 도저히 꾸밀 수 없는 모양새였다.

"오시는 길이 불편하진 않으셨는지요. 페필테 공, 그라브 부인."

엽기적인 모습과 대조적으로 어조는 차분했다. 그는 피에로 화장을 지우고, 고깔모를 벗어서 테이블에 올려놓았다.

검은 빛깔의 장발이 사르르 테이블 위에 내려앉았다. 남아 있는 피에로 분장도 그의 냉혹한 진면을 가릴 수 없었다. 마디나는 실제로 본 적은 없었지만 인상착의만으로 그가 누군지 알 수 있었다.

"당신이 바람의 재상인가요……?"

"그렇습니다. 제가 레인 디너즈입니다."

"과연 남편에게 들었던 대로 보통 분은 아니신 것 같네요."

"부인께서는 사람을 보는 안목이 부족하신 것 같군요. 저 같은 범인을 인재로 평가하시는 걸 보면."

마디나는 고개를 절레절레 흔들었다.

"저희 어머니께서 점술가셨고, 저 또한 사람의 관상 등을 볼 줄 아는 눈썰미가 있답니다. 재상께서는 누구보다 큰 인재로 거듭나실 상이세요."

"과찬이십니다. 아무쪼록 지금 제 이야기를 듣고도 그 평가가 그대로이길 바라는 마음입니다. 우선, 아이들을 옆방으로 보내놔도 되겠습니까?"

"네, 그러세요."

"예. 그럼, 페필테 공께서는 아이들과 함께 옆방에 가 계십시오."

"아아, 알겠습니다."

로이드는 아이들을 데리고 옆방으로 건너갔다.

아이들의 뒷모습에 꽂혀 있었던 마디나의 시선은 레인에게로 향했다. 그녀는 레인의 제안을 기대하는 눈치였다. 그랬던 그녀의 표정은 레인의 이야기가 이어질수록 점점 일그러지기 시작했다.

루투스 국왕 시해 사건의 전말에 대해선 마디나도 얼추 아는 사실이었다. 그녀의 남편인 아빅이 사전에 아내와 자식들의 부귀영화를 약속받고 거짓 범인으로 나섰던 것. 레인이 일부러 범인의 냄새를 풍겨가며 옥살이까지 했던 것 모두 계획대로였다. 하나 이 정도로 계획한 바를 이루기엔 조금 부족했다.

그래서 레인이 택한 방법이 있었으니 바로 아빅의 가족인 마디나와 아이들을 내세워, 보다 확실한 증빙을 내세우는 것이었다.

마디나의 얼굴이 붉으락푸르락했다.

"제가 잘못 들은 거겠죠……?"

"아니, 제대로 들은 게 맞습니다."

"……남편의 신의를 배신하다니. 당신이 모시는 쌍둥이 여신에게 부끄럽지 않나요?"

"그라브 부인, 분하고 억울한 마음은 이해합니다. 이번에는 진정으로 약조를 지키겠습니다. 부모의 희생으로 남은 아이들은 누구보다 높은 지위를 가지게 될 것입니다. 저, 바람의 재상 레인 디너즈의 이름을 걸고 약속하는 바입니다."

"이미 한 번 배신당했거늘…… 어떻게 또 믿으라는 거

죠……?”

“제 목숨을 담보로 하겠습니다. 따라서 그만한 각오를 보여드리겠습니다.”

레인은 왼손을 테이블 위에 올려놨다. 마디나가 의아한 얼굴로 쳐다보자, 빙긋 웃어 보였다.

그리고 바람의 검을 뽑아서 자신의 검지를 잘랐다. 선혈이 팍 튀더니 공기의 흐름이 이질적으로 변했다. 기류의 막이 검지의 출혈을 임시적으로 억제했다. 부명 고통스러울 텐데 그의 표정에는 아무런 변화도 없었다.

“부인의 아들들이 비통, 절규, 절망을 느낄 때마다 제 손가락을 하나씩 자르겠습니다. 모든 손가락이 사라졌을 시에는 바람의 칼날이 제 심장을 겨눌 것입니다.”

“…….”

“부인께서 저희와 함께 루티아르 왕국으로 이송되기만 하시면 됩니다. 아이들은 페필테 공께서 맡아주실 것이며, 제가 루티아르에서 복귀하면 그때부터는 제가 키워드리겠습니다. 누구보다 뛰어난 인재들로 성장시키겠습니다.”

이미 명예를 따질 상황도 아니었다. 검지를 잘라 보였더라도 이미 한번 배신했던 자가 또 안 한다는 보장이 없었다.

명예? 맹세? 그런 게 대체 무슨 의미가 있단 말인가. 그렇다고 레인의 제안을 무턱대고 내친다? 그것도 어리석은 일이었다. 지금 이 시점에서 그나마 작은 희망이라도 걸어볼 수 있는 사람은 레인뿐이었다.

쓴웃음이 입가에 남았다. 마디나는 어쩔 수 없이 레인의 약속을 믿어보기로 결심했다.

결국 국왕 시해자 아빅의 아내가 추가 증언을 하고 처형당함으로써 사실상 레인은 완전히 용의선상에서 벗어나게 되었다.

무엇보다 레인에게 아빅의 아내를 붙잡았다는 공로까지 붙어서 루티아르 왕국에 매길 수 없는 빚을 안겨주었다. 이것은 추후 외교적 문제에서 엄청난 파급력을 가질 만한 결과물이었다. 그 혜택을 언제 쓸지 고민할 필요도 없다는 듯, 레인은 바로 외교 사항을 루티아르에게 전달했다.

처음 그 소식을 접했을 때, 메를리니는 그것이 진짜인지 의심했다. 이내 손에 쥐고 있었던 종이 문서를 꾸깃꾸깃 바닥에 버렸다.

"새 왕비에 에리 폰 이틀로이하 황녀를 앉히시겠다……?"

제7장

왕비의 자리

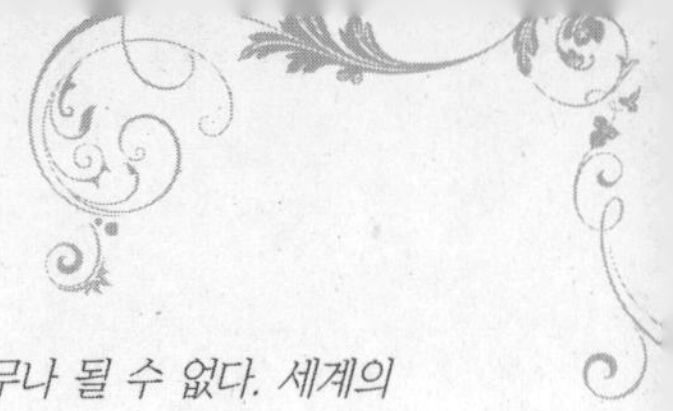

『왕비는 누구나 될 수 있지만, 훌륭한 왕비는 아무나 될 수 없다. 세계의 역대 왕비들 중에서 자신의 이름을 수천 년 역사에 새겨 넣은 왕비는 단 몇 명뿐이다. 그녀들이 누렸던 영광과 명예, 그리고 권력. 그 이면에는 상상조차 힘들 어려움이 함께하였다. 붉은 왕태자비, 붉은 왕비, 붉은 여제로 이어지는 삶을 살아 온 그녀 또한 그 길을 걸어왔다.

-붉은 여제의 자문관 데미안 피르체의 일기中-』

쉼 없이 흔들리는 분수대 물 위로 동그란 태양의 모습이 희미하게 묻어났다. 일그러진 해의 얼굴을 가만히 내려다보니 괜스레 입가에 미소가 어렸다.

메를리니는 물속에 손을 넣고 스르르 휘저어봤다. 한낮의 날씨는 꽤나 무더웠다. 꽤 오랜 시간 햇살 아래에 있으려니 갑갑한 마음이 들어 물을 한 모금 마셨다.

뺨에 묻은 물로 연꽃분이 살짝 흘러내렸다. 유지니가 가져온 손수건으로 얼굴을 문질렀다. 새하얀 천으로 가려졌던 시야가 다시 돌아왔을 때, 눈동자가 향하는 곳에 데레니아 왕비가 서 있었다.

"왕비 마마께서 어인 행차이신지요."

"내가 내 집 어디를 돌아다니든 큰 상관이 있을까."

"그야 마마의 말씀대로네요."

"잠시 이야기를 나누고 싶은데."

데레니아의 옆에는 아무도 없었다.

메를리니도 유지니를 비롯한 궁녀들을 물리고 데레니아와 단둘이 남았다.

두 사람은 분수대에 가지런히 앉았다. 잠깐의 정적이 흘렀지만, 노기와 같은 성질에서 비롯된 것은 아니었다. 그저 아무 말 없이 햇빛을 즐기는 듯싶었다.

데레니아가 문고리라도 걸어 놓은 줄 알았던 무거운 입을 열었다.

"비궁. 아니, 메를리니."

"네. 마마."

"슬슬 왕태자가 국왕 자리에 올라야 한다."

"네. 당연히 그래야지요. 저 또한 준비를 철저히 하고 있습니다."

메를리니는 어떤 대답을 하든, 빠른 말씨로 말했다. 그녀의 태연히 대답하는 면모에는 여유도 있었고, 정국을 보는 계산도 포함돼 있었다.

그 사실을 데레니아가 모를 리 만무했다. 여러 번의 아수라장을 거치며 나약했던 며느리는 철저한 여장부가 돼 있었다. 아니, 어쩌면 처음부터 대인의 그릇을 품고 있었을지도.

"메를리니, 가란테하 전투에 대해서 들어봤느냐."

"서고의 탑에서 읽은 적이 있습니다."

"그렇다면 가란테하의 영웅이 누구였는지도 알겠군."

"잔혹의 여왕 제시 크리바흐. 남편이었던 아만 국왕을 폐위시키고 자신이 왕좌에 오른 여인이었죠. 반대파들도 모두 숙청해버리면서 사실상 독재의 길을 걸었음에도, 펜홀 왕국의 역사에서는 영웅으로 남아 있죠. 그렇듯 그녀가 생애 이뤘던 업적들에 비하면 가란테하 전투의 참극은 우스운 사례 중 하나일 뿐이겠죠."

분수대의 물이 바람에 흩날렸다. 얼굴에 촉촉이 젖어드는 물기로 산뜻한 기분이 들었다. 메를리니는 손수건으로 얼굴을 닦아 내고는 다시 데레니아와 마주했다.

"제시 크리바흐의 남편이었던 아만 국왕은 굉장히 유약하고 의지가 약한 사내로 표현되고 있지. 잔혹의 여왕을 희화한 연극이나, 이야기, 모두에서 아만은 나약한 사내로 나오고, 심지어 그가 기 센 아내를 못 견디고 바람을 폈다가 폐위되는 내용까지 참 우스꽝스럽지. 그 점에 대해 어찌 생각하느냐, 메를리니?"

"질문의 요지를 모르겠습니다. 다만, 마마의 말씀에 답을 드리자면, 제가 제시 크리바흐였다면 그렇게 하지 않았을 것입니다. 어떻게든 남편을 왕좌에 어울리는 사내로 변화시켰을 거라는 게 저의 입장입니다."

지금의 메를리니는 더없이 진지했다. 그녀가 읊은 말에는 한 치의 거짓도 없었다. 그녀의 남편을 사랑하는 마음이 어느 정도일지 재볼 것도 없었다.

데레니아는 가만히 메를리니를 바라봤다.

둘은 서로의 눈빛만으로 무얼 전하고 싶은지를 인지했다. 애당초 이 만남의 이유는 너무나 선명한 형태를 갖추고 있었다. 두 사람이 동시에 애지중지하는 한 남자의 존재 때문에.

"메를리니, 제시 크리바흐와는 정반대되는 며느리를 보고 싶구나."

"저는 잔혹의 여왕과는 분명 다릅니다. 왕태자 저하께서 왕위에 오르시지 못하는 불상사는 일어나지 않도록 하겠습니다. 그 방법은 아마도 마마께서 머릿속에 그리시는 것과 엇비슷하리라 생각되네요. 하나 그렇게 한다면 저의 희생이

동반되어야 한다는 걸 마마께서도 잘 알고 계시겠죠."

메를리니의 눈동자에 강한 의지가 담겼다. 그녀가 말로 드러내지 않았음에도, 무언의 의미가 눈빛으로부터 전해져 왔다. 데레니아는 자신의 예상 범위라고 생각하면서도 며느리의 의미심장한 모습에 주저함이 생겼다.

"메를리니, 왕과 왕비의 차이가 뭔 줄 아느냐."

"네. 그 차이가 있었기 때문에 제시 크리바흐는 구태여 여왕의 자리에 올랐죠. 왕비였던 그녀가 여왕에 올랐던 이유. 그것은 바로 왕국의 영향력 있는 막료들과 백성들이 그녀를 지지했기 때문입니다."

"그래. 왕은 왕이 만드는 게 아니지만, 왕비는 왕이 만드는 것이다. 내 아들은 너를 사랑하지, 제국의 딸을 사랑하진 않아. 너의 희생으로 레이드는 루티아르의 왕이 될 것이고, 언제고 그 옆자리도 네 것이 될 것이다. 인정하기 싫지만, 아들의 마음까지 돌릴 수 없는 내 스스로를 탓해야겠지."

"그 말씀인 즉, 영원토록 왕비의 자리에 못 오를 수도 있다는 듯이 들리는군요."

"능력 있는 며느리를 좋아한다. 하나 제시 크리바흐의 전례가 없으리란 보장이 있을까."

"마마의 말씀대로입니다. 지금은 그 어떤 미사여구를 뒤섞은 말로도 증명할 수 없는 문제이지요. 마마, 혹시 계란 요리를 좋아하시나요?”

“계란? 영문 모를 질문이군.”

“저는 특히 계란을 부쳐 먹는 것이 맛있답니다.”

메를리니는 빙그레 웃었다. 빈정거리는 것도 아니요, 순수한 미소도 아닌 모호한 표정이었다.

연록 잎사귀가 분수대 물 위로 살며시 안착했다. 나뭇잎 무리는 하나, 둘씩 바람에 나부끼듯 두 사람 사이로 흩날렸다.

시어머니가 먼저 자리를 떠나고, 이내 혼자 남은 메를리니의 옆으로 유지니가 다가왔다.

“유지니, 계란 요리 좋아하니?”

“네? 좋아하진 않지만 먹긴 먹습니다.”

“요리가 되지 않았다면 아기 새로 자라났을지도 모를 게 계란이지. 그 어느 하나 헛된 가치는 없는 법이니.”

“……마마, 오늘 저녁은 달걀 요리로 준비할까요?”

“응. 계란 부침이 먹고 싶은걸. 부탁해.”

*　　*　　*

"많이도 먹는구만. 그렇게 채워 넣어도 살이 안 찐다는 게 부러울 정도야."

"의외네. 넌 몸매 같은 건 관심 없는 줄 알았는데?"

"나도 일단 여자다. 뚱뚱한 것보단 날씬한 게 낫지."

"그렇구나."

메를리니는 계란 샌드위치를 한입 베어 물고는 얼굴에 행복한 미소를 드리웠다. 토마토소스와 상큼한 드레싱에 이은 채소와 계란 프라이의 조화가 잘 어울렸다.

이르에가 시큰둥하게 말했다.

"그나저나 지난주에 왕비께서 말씀하셨다던 건 어떻게 할 셈이야?"

"그 답을 주기 위해 지금 가고 있는 중이지."

"정말 그렇게 하려고?"

"아직은 고민 중이야. 이 샌드위치를 다 먹으면 결정 나지 않을까 싶어."

그렇게 말하며 배시시 웃는 게 괜히 얄미워 보였다. 이르에는 홧김에 메를리니의 샌드위치를 뺏어서 한입에 삼켜 버렸다.

"……."

"우읍, 으음, 흠흠. 이제 결정 나셨나?"

"……이르에, 너도 참."

"누구만 하시겠어. 됐으니 어디 네 입장이나 말해 줘."

"내 입장이라."

메를리니는 짐짓 턱을 괴었다.

데레니아가 말했던 '왕은 왕이 만드는 게 아니고, 왕비는 왕이 만들어 줄 수 있다'는 말의 의미는 추상적이면서도 현 상황에 딱 맞는 말이었다.

제국의 재상을 비롯하여 타국의 영향력 있는 인물들을 억압했다는 것은 상당한 무게의 추였다. 특히 제국에게 매년 바치게 된 공물은 왕국의 자존심을 무너트렸을 뿐만 아니라, 귀족들의 불만을 야기했다.

공물을 액수로 환산하면 작은 영지 두 개의 총수입쯤 됐으므로 그만큼의 세금을 모든 귀족들에게서 균등하게 차출해야 하는 상황이 벌어진 것이다. 그것도 제국과의 조약이 존재하는 한 매년마다.

그 문제의 근원은 다른 누구도 아닌 레이드 폰 루티아 왕태자였다. 무리한 수사망을 펼친 것뿐만 아니라, 억측으로 재상을 감금했던 게 가장 큰 실수였다.

그런 탓에 왕위계승권을 두고 귀족들에게서 공공연하게 불만이 나오고 있었다. 물론 공물에 의한 막대한 납세 때문이었다. 그 양은 데레니아의 포르테 공작 가문에서 충당하기에도 버거운 액수였다.

그 시점에 제국에서는 아빅 그라브의 아내를 붙잡아줬다는 명목으로 새 국왕의 왕비를 자국의 황녀로 지목한 것이다.

혼란이 가중될 대로 가중된 가운데.

데레니아와 몇몇 고위 귀족들이 은밀히 마련한 자리가 있었다. 메를리니와 이르에가 향하는 곳은 바로 그곳이었다.

"미래로 향하는 올바른 길을 거닐기 위해, 때로는 험난한 땅도 마다하지 않아야 하지."

"네 사랑이 힘들지 않겠어?"

"괜찮아."

그리고 몇 마디를 덧붙였다. 이내 메를리니는 제2회의실이라고 적힌 방의 입구를 가리켰다.

이르에는 방 바깥에 대기한 채 메를리니만이 방 안으로 들어갔다.

잠깐 동안 어둠을 헤치던 문 바깥의 빛이 비쳤다가 사라지자 이제는 어둠과 서로 동화되듯 한 줄기의 빛만이 보였다.

촛불에서부터 시작되는 빛줄기를 따라 서서히 윤곽이 보

이는 얼굴들. 고혹한 아름다움을 간직하고 있는 데레니아. 그리고 중년의 귀족들 몇몇이 눈에 띄었다.

"다들 모여 계셨군요."

"왕태자비 마마를 뵙습니다."

"왕태자비 마마께 무궁한 영광을."

이후로도 순서대로 열을 이루듯 한 명씩 일어나 메를리니를 환대했다.

마지막으로 데레니아가 가볍게 묵례함으로써 인사치레는 모두 끝났다. 큰 탁자를 사이에 두고 마주 앉은 이들은 서로의 얼굴이 잘 보이지 않았음에도 만족하는 듯했다.

메를리니도 딱히 이런 분위기가 싫지는 않았다. 진중한 이야기를 나누는 데는 딱 맞는 자리라고 생각했다.

모두는 어느 정도 상대가 먼저 말을 이끌길 바랐다.

오른편에 앉아 있었던 중년의 백작 다이데가 입을 열었다.

"재차 말씀드리지만, 오늘의 자리는 차기 국왕의 일로 의논을 나누는 자리입니다. 선대 국왕께서 호위기사에게 해악을 당하신 전대미문의 사태를 발생한 만큼. 나라의 아버지를 앉히는 신성한 일에는 신중에 신중을 기하여야 할 것입니다."

"다이데 백작의 말씀이 지당하오. 원래 절차대로라면 레이드 폰 루티아 왕태자 저하께서 왕위를 물려받으시는 게 응당하나, 아무래도 이번에 불미스러운 사건도 있었으니 흠흠, 아무래도 흠흠……."

"그러게나 말입니다, 으음……."

데레니아의 존재 때문인지 귀족들은 말을 흐리기 일쑤였다. 그녀의 면전에 대고 그 아들의 잘못을 논하고 있었으니 언제 불똥이 튈지 몰랐다.

그만큼 데레니아의 권력은 막강했다. 루티아르 왕국에서 그녀의 손길이 닿는 대상보다, 안 닿는 사람을 찾는 게 더욱 힘든 일이었다.

그래도 왕위는 왕좌의 그릇이 안착할 장소. 데레니아의 힘만으로 주인을 정할 수 없는 자리였다.

그런 이유 때문에 데레니아가 메를리니에게 한 수 접어준 것이었다. 명령이 아닌, 부탁이라는 모양새로.

메를리니가 자리에서 일어나자 모두의 이목이 그녀에게로 집중됐다.

며느리의 선택이 모든 것을 좌지우지할지도 모를 순간. 데레니아는 메를리니가 풍기는 내면의 분위기를 가만히 지켜보았다.

쉽게 보이지는 않지만, 분명하게 드러나고 있는 단 하나의 마음이 엿보였다. 자신을 경계한다는 것은 뜬소문으로라도 접했던바, 그럼에도 선명하게 느껴지는 하나가 있었다. 레이드를 위하는 마음. 자신이 늘 품고 있었던 그 마음…….

메를리니가 입을 열었다.

"선왕을 시해하였던 암살자를 찾기 위한 수사에는 저도 함께하고 있었습니다. 그리고 바람의 재상을 범인으로 의심하고, 실제로 지목했던 것은 바로 저였죠. 왕태자 저하께 잘못이 있다면 저의 선택을 중시해 주셨다는 것뿐. 그 이상도 이하도 없습니다."

회의실의 분위기는 순식간에 차갑게 식어 내렸다. 그 말의 무게를 알기에 그 누구도 선불리 말을 꺼내지 못했다. 얕은 숨소리만이 공기에 일렁였다.

* * *

펜헤 도보는 또 한 번 여인의 행렬을 맞이했다. 분위기에 심취하는 군중의 기분 좋은 함성이 하늘을 가득 메웠다. 예비 왕비가 다이헤르 제국 황제의 누이동생이란 소문은 이미 전 세계에 퍼진 지 오래였다.

검은빛이 살짝 감도는 보랏빛 머리카락의 황녀가 탄 마

차가 펜헤 도보를 지나자 너 나 할 것 없이 우르르 몰려들었다.

모두가 아름답고 소문이 자자한 여인을 보고 싶었다. 그녀는 선대 황제의 늦둥이 딸로 태어나 오라버니들의 열렬한 사랑을 받으며 자라난 영롱하고 깨끗한 보석과 같은 존재였다.

"아직인가요?"

마차 빗장을 슥 올리며 드러난 새하얀 얼굴. 분홍빛이 감도는 입술이 한마디를 읊을 때마다 백성들의 환호가 빗발쳤다.

"부담스럽네요. 도착하면 말씀해 주세요, 오라버니."

"그래. 먼 길 오느라 고생했을 텐데, 좀 쉬고 있어라."

아르펜은 마차 빗장을 올려주고는 다시 거리를 두고 말을 몰았다. 그는 형을 대신해서 누이동생을 인도하는 역할을 맡은 상태였다. 일국의 예비 왕비를 모시는 일이었으니 그 정도는 당연하다면 당연한 처사였다.

행렬이 펜헤 도보를 지나 레필타의 중앙 광장을 지날 즈음이었다.

붉은 제복을 입은 기수들이 양쪽에서 몰려와 일자로 정렬했다. 그들이 막아서자 백성들은 두 걸음씩 뒤로 물러나 관망해야 했다.

중앙 광장의 분수대로 이어지는 일직선 상. 행렬이 향하는 그 끝에는 붉은 머리의 여인이 서 있었다.

붉은 왕태자비라고 불리는 그녀가 종 목걸이를 어루만지자, 보기 드문 진풍경이 펼쳐졌다. 빛의 원형 막이 한차례 주변을 일렁였다가 사라졌다.

투명한 막이 흐트러지면서 생겨난 빛의 가루가 하늘에서부터 뿌려졌다. 몸에 닿아도 닿았다는 느낌만 남았을 뿐, 피부로 따뜻한 온기가 스르르 녹아들었다. 어린아이들은 서로가 빛의 가루를 만져보겠다며 손짓하고 난리도 아니었다.

"오라버니, 무슨 일이죠?"

"……붉은 왕태자비께서 찾아오셨구나."

"붉은 왕태자비요?"

"그래. 메를리니 폰 루티아. 현 루티아르 왕국의 왕태자비지. 어쩌면 너와 적대하게 될지도 모를 그런 여인이다. 어때, 만나보겠어?"

"네. 이참에 얼굴도 보고 좋네요."

에리는 생긋 웃었다. 루티아르의 왕태자비에 대해선 일찌이 오라버니 아르펜으로부터도 들었고, 바람의 재상 레인도 언급한 바 있었다.

그 철두철미한 레인이 극찬을 아끼지 않았기에 쉬이 잊을 수 없었다. 에리는 조심스럽게 마차에서 내려 한 걸음, 두 걸음, 소문의 여인에게로 걸어갔다.

* * *

레이드는 검무를 멈추고 가만히 서 있었다. 온몸의 힘을 풀고 바람을 만끽하니 기분이 좋았다. 그의 시선은 잠시 검으로 향했다가 다시 저 하늘 높이로 올라갔다.

"나는 잘하고 있는 것인가."

땀으로 흥건했던 몸이 가볍게 식어 내리는 기분이었다. 약간씩 남아 있던 땀이 가시면서 이마의 주름도 조금씩 풀리고 있었다.

자연의 기운이 실린 바람은 세지도 약하지도 않았다. 마치 투명한 이불이 몸을 감싸 안은 듯 충만한 감촉이었다.

편안한 감정에 몸을 실은 레이드는 15년 전을 떠올려다봤다.

그 시절에는 어렸고, 모든 게 꿈만 같았다. 유년이라는 탈에 왕자라는 그릇까지 가미되니 모든 게 가능했다. 순진이라는 단어보다 순수라는 의미가 어울렸던 시기였다.

자신이 무엇을 원하고 무엇을 좋아해도 상관없는 그런 나날이었다. 나이가 들어도 계속 그럴 것만 같았다. 하나 지금을 보라. 자신이 사랑하는 여인을 왕비의 자리에도 올리지 못하는 못난 놈일 뿐이었다.

"나의 판단이 잘못되었던 것인데. 어찌하여 나는 왕의 자리에 오르는 것이고, 내 아내는 왕비가 되지 못하는 것인가……."

메를리니가 왕태자비에서 물러난 건 아니었지만, 왕태자 레이드가 왕위에 올랐을 시 정실 왕비가 되지 못한다는 기준이 잡혀버렸다.

다이헤르 제국에게 공물을 바치게 된 데에 대한 책임을 전적으로 메를리니가 지게 된 상황이었다. 그녀의 희생으로 귀족들의 표적에서 벗어난 레이드는 데레니아의 지원 하에 순탄하게 왕위를 차지할 수 있게 되었다.

물론 귀족들도 바보가 아닌 이상 메를리니가 희생양으로 나섰음을 모를 리 만무했으나, 그들에게 필요한 건 정치적 명분이었고 데레니아의 뜻에 반할 수도 없기에 이 이상 반론을 제기하지 않았다.

결국 왕태자비가 왕비로서의 자질에 문제가 있다고 결정된 가운데, 제국에서 에리 황녀가 도착함으로써 사실상 다음 왕비에 누가 앉을지가 정해져 버린 것이다.

"메를리니……."

레이드는 긴 한숨을 내쉬었다.

왕비에 황녀가 들어선다는 것으로 끝나는 단순한 문제도 아니었다. 메를리니가 구태여 후궁이라도 만족한다며 나섰기 때문이었다.

레이드는 가슴을 쥐어뜯으면서도 그 부탁만은 들어주고 싶었고, 데레니아 또한 약속 아닌 약속을 했었기에 내치지 않았다.

왕태자비가 후궁이 되고, 이국의 황녀가 왕비가 될 예정의 복잡다단한 사태. 이는 국왕 시해 사건에서부터 시작해서 한 치 앞을 볼 수 없는 기이한 정국이 낳은 극히 이례적인 결과였다.

"하늘은 저토록 푸른데, 나는……."

레이드는 미간을 떨더니 눈을 몇 번 깜박거렸다. 잔뜩 울먹이다가 이제 막 울음을 그친 어린아이처럼 슬픈 눈동자였다. 아련한 눈빛이 바라보는 대상은 아무것도 없는 허공이었다.

마치 눈앞에 뭔가가 있다는 것처럼 양손을 뻗어보았다. 그리고 누군가를 안듯이 양손을 얼싸안았다. 역시 마냥 이대로 있을 수만은 없었다.

다시 검을 집어서 챙기는 데까지는 그리 긴 시간이 걸리지 않았다. 복잡한 생각을 배제하고, 그저 마음이 가는 데로만 결정하는 데는 몇 초면 충분했다.

레이드는 당장에 왕태자비궁으로 향했다. 가는 동안 감히 그를 막아 낼 사람은 아무도 없었다. 막힘없이 왕태자비 방 입구까지 다다랐다.

레이드의 이마에 땀이 송골송골 맺혔다. 시간에 쫓기듯 달려와서 그런 것도 있었지만, 긴장한 데에 따른 식은땀이기도 했다.

처음 찾아온 방도 아니었는데 오늘은 유난히 불안하고 초조한 마음이 들끓었다. 들어갈까 말까 한참을 고민하다가 이내 결정을 내렸다.

안에서 차를 준비하고 있었던 유지니가 레이드를 보고 정중히 인사를 드렸다.

"잠시 자리를 비켜다오."

"네. 알겠습니다."

유지니는 찻잔을 탁자 위에 올려놓고 방을 나갔다.

이제 왕태자비 방에는 레이드와 메를리니뿐이었다.

이 세상 모든 공기가 방 안으로 밀집된 것처럼 답답하고 무거운 분위기였다.

그냥저냥 왕태자와 왕태자비로서, 그저 부부의 연을 맺은 남녀로서 행복할 순 없었을까. 애초에 그런 걸 원했다면 왕의 아들로 태어나지 말았어야 했을까. 모든 걸 내던지고 둘이서 떠났다면 괜찮았을까. 레이드의 머릿속으로 수만 가지 잡념이 뒤섞였다.

"비궁."

대답이 없었다.

"메를리니."

이름을 불러도 바로 답이 오지는 않았다. 몇 초가 지나서야 답이 들려왔다.

커튼 뒤편에서 메를리니가 모습을 드러냈다. 창문을 활짝 열어놨는지 그녀의 등 뒤에서 바람이 솔솔 불어왔다.

잔잔하게 휘날리는 붉은 머릿결이 레이드의 눈에 비쳤다. 언제 봐도 아름답고 사랑스러운 그녀였다. 들판에 핀 한 송이 꽃처럼 고결한 미를 가진 여성이었다.

레이드는 당장에 달려가 메를리니를 껴안았다. 마주 안은 육체의 교류를 통해 두 사람은 서로의 떨림을 느꼈다. 흐느끼듯 울부짖었을 레이드의 마음속 절규를 인지한 메를리니는 조용히 입술을 깨물었다. 그녀는 몇 번 입술을 떨다가 말했다.

“저하, 여기까지는 어인 일로 오셨나요.”

“비궁을 보러 오는데 특별한 이유가 필요하오?”

“이제는 하나의, 하나를 위한 관계가 아니니까요.”

메를리니의 대답에 레이드는 의아해했다. 살얼음 위에 맨발로 선듯 감정의 동요가 메를리니에게까지 전해졌다. 육체가 그리 말하고 있을지라도 목소리만은 다듬어서 겨우 한마디를 이끌었다.

“전혀 그렇지 않소.”

“나라의 아드님은 이제 더 넓을 곳으로 나아가, 나라의 아버님이 되실 몸입니다.”

“당신도 나라의 어머니가 될 몸이오.”

메를리니는 고개를 절레절레 흔들었다. 그녀의 빨려 들어갈 듯한 눈망울을 그윽하게 바라보고 있으려니, 레이드의 감정은 공허하게 내려앉았다.

“메를리니, 당신의 눈이 모든 걸 말해 주질 않소.”

“저하, 이미 흐름은 우리를 떠나버렸습니다.”

메를리니의 눈가에 물방울이 맺혔다. 아련히 떨리는 눈동자가 한 번 깜빡이면 바로 터져 버릴 물방울이었다.

레이드는 부드러운 손길로 메를리니의 머리맡을 다듬듯

감쌌다. 두 사람의 눈동자가 천천히 하나의 동선에 놓였다.

"처음 만났을 때도 이러했었지. 눈을 감으시오."

메를리니는 살며시 눈을 감았다.

"제발 가라는 소리만은 하지 마시오. 안 된다는 말도 하지 마시오. 내가 다 잘못했소."

"저하……."

레이드는 눈시울을 붉혔다. 뺨 위를 물든 눈물 줄기가 서로 맞닿았다. 두 사람은 뜨겁게 입을 나누었다. 연신 머리카락을 휘날렸던 바람도 조용했고, 세상의 모든 소리도 두 사람을 축복해 주듯 고요했다.

* * *

그날 저녁, 레이드는 카이트와 탁상 하나를 사이에 두고 마주 앉아 있었다.

상 위에는 빈 와인병과 두 개의 잔뿐, 일체의 다른 물건은 없었다. 레이드는 한 손에 와인 잔을 쥔 채, 다른 손으로는 뺨을 어루만졌다.

메를리니를 껴안았던 손의 촉감이 아직 아련히 남아 있었다. 그녀의 따뜻한 숨결은 쉬이 잊히지 않았다.

"카이트."

"예. 저하."

"이제 일주일은 남았을까. 내가 루티아르의 왕이 될 날이 말이야."

"즉위식 준비에 차질이 없다면 아마 그럴 것입니다."

레이드는 입안에 흘려보낸 와인을 음미했다.

카이트의 만류에도 불구하고 어느새 네 병째였다. 취기가 바짝 오른 몸에선 술 냄새와 따뜻한 열기가 뒤엉켜 올라왔다. 빨갛게 달아오른 뺨을 어루만지며 다시 한 모금을 넘겼다.

"루티아르의 왕태자로 태어나, 순리에 맞게 국왕의 자리에까지 오른다. 왕이 된다면 적어도 루티아르의 모든 것을 품어야 하거늘…… 메를리니가 없는 세상은 상상조차 하기 힘들다……."

"저하께서 왕좌에 오르시면 상황은 얼마든지 달라질 것입니다."

"그렇겠지."

레이드는 와인병을 만지작거렸다. 어느새 또 한 병이 비워져 있었다. 궁녀가 새로이 와인병을 챙겨 왔다.

"와인이 비워지면 바로 새것이 오는 자리라. 정말 좋지 않은가?”

“예. 그렇습니다.”

“그녀는 흐름이 우리를 떠났다고 그랬다.”

“흐름 말씀이군요.”

“카이트, 다이헤르 제국의 황제는 무슨 정복 황제가 되겠다며, 역사에 자신의 자랑스러운 이름을 똑똑히 새겨 넣겠다며 그리 돌아다닌다지. 듣자 하니 꿈속에서도 그런 상상을 하며 잠꼬대를 한다더군.”

“예. 그렇게 들었습니다.”

“르보리아의 국왕은 갈릴리 에드라이를 대신하는 허수아비일지언정 왕위를 그리도 갈구한다고 했던가. 성국 루드란의 여왕은 만민의 행복을 중시하는 삶을 산다고 하였고, 명예와 영광을 목숨보다 아끼는 로베룬 왕국의 왕도 있었지 아마.”

와인 잔이 또 한 번 비워졌다.

카이트가 일어나 레이드의 잔을 채워 주었다.

레이드는 그늘진 눈빛으로 와인의 몽롱한 붉은색을 가만히 쳐다봤다. 그윽한 눈길 위로 선홍의 색이 내비쳤다.

“내 어릴 적 꿈은 역사에 존귀한 이름을 남기는 것이 아니었다. 그저 좋아하는 사람을 좋아하고 싶었다. 그것이 셀 수 없이 많은 모든 백성들이었더라도 상관이 없었다. 몇 명이든 좋아해 줄 자신이 있었다. 그게 내가 사랑하는 사람이었다면……."

감정이 북받쳐 옷자락을 움켜쥐었다. 잔뜩 힘을 줬던 손길은 이내 스르르 무릎 위로 내려앉았다. 카이트가 담요를 가져와 레이드의 몸에 가지런히 덮어주었다. 레이드는 연신 잠꼬대를 하듯 한마디를 중얼거렸다.

"메를리니……."

제8장

늑대와 바람

*『야수의 댄스를 기대하는 자.
바람의 하모니를 기억하는 자.
그리고 춤의 향연을 지켜보는 자.』*

따사로운 햇볕이 가슴팍으로 내리쬐었다. 가느다란 빛의 선이 한 개, 두 개, 순서대로 나열되듯 사람들의 모습을 비췄다.

레이드는 루티아르의 새 지도자를 축복하는 빛줄기를 한 몸에 받으며 입구 앞에 섰다. 푸른 빛깔의 고급스러운 튜닉 위로 왕을 상징하는 자줏빛 망토를 두른 채 대관식의 과정을 맞이했다.

나팔수들의 신호를 기점으로 호화스러운 음률이 대관식

의 무대를 가득 메웠다. 백작 이상의 고위 귀족들이 일렬로 서서 경건한 분위기를 자아냈고, 그 뒤로도 수많은 왕궁 식솔들이 두 손을 모아 축복의 기도문을 읊조리고 있었다.

레이드는 중심 카펫을 가로질렀다.

양쪽에서 그를 바라보는 무수히 많은 시선들이 느껴졌다. 이 정도 인파가 자신만을 쳐다보는 건 익숙한 경험이었지만, 이전과 달리 왕을 경외하는 시선이라 그런지 다르긴 달랐다. 솔직한 심정으로 행복한 감정과 뿌듯한 만족감이 적절히 어우러진 독특한 기분이었다.

평생 이런 기분을 느낄 수 있는 건 이번뿐이리라. 그 누가 한평생 두 번의 왕을 지낼 것인가.

일생에 한 번을 누리기도 힘든 영광의 옥좌가 눈앞에 펼쳐져 있었다. 레이드는 왕좌를 바라보며 문득 그런 생각도 들었다. 자신이 진정 저 자리에 앉고 싶었던 걸까? 그저 왕태자로 태어났기에? 그래서 내쳐야 했던 것도 있지 않았는가.

중앙쯤을 지나려는 순간 창가로 내비친 빛줄기가 얼굴을 적셨다. 깜박거리던 눈을 활짝 떴을 때 마주한 것은 붉은 머리카락 아래로 드러난 메를리니의 눈동자였다.

레이드는 그녀의 짙은 푸른색의 눈망울을 똑바로 응시할

자신이 없었다. 애써 메를리니의 시선을 외면하듯 정면으로 나아갔다. 금색 테두리로 치장된 왕의 옥좌 바로 왼편에는 어머니 데레니아가 서 있었고, 오른편에는 새 왕비가 될 예정이었던 제국의 황녀 에리가 서 있었다.

웨이브가 가미된 보랏빛 머리카락에 백옥처럼 새하얀 얼굴의 미녀였으나, 영, 정이 가지 않았다. 레이드의 마음이 향하는 곳은 방금 지나쳐온 메를리니뿐이었다. 에리가 서 있는 자리에는 메를리니가 있어야 마땅했다.

"후우."

대관식에 어울리지 않을 짧은 한숨이었다. 아무도 레이드의 그 탄식을 듣지 못했지만, 의외의 존재가 주인의 목소리를 인식했다.

허리춤에 차고 있었던 용사의 검이 주인의 감정에 공명하듯 스르르 떨렸다. 그리고 1초나 지났을까. 아니, 1초나 멈춰 있었을까. 세상의 모든 시간이 정지라도 된 것처럼 레이드의 의식만이 홀로 남아 있었다.

'뭐지?'

잠시 움찔할 짧은 사이의 시간이었다. 어느새 공간의 멈춤이 풀리면서 몸이 자유롭게 움직여졌다. 얼떨떨한 반응을 보인 것도 잠시, 레이드는 담담한 눈빛으로 데레니아의 눈을 응시했다.

어머니는 세상의 모든 이들에게 두려움을 줄 수 있는 존재였지만, 지금만큼은 무서운 위압감이 전혀 느껴지지 않았다. 어머니가 아들을 바라보는 자애로운 눈빛만이, 장성한 아들의 모습을 대견하게 지켜보는 애틋함만이 내비쳤다.

레이드는 데레니아의 바로 앞에서 무릎을 꿇고 머리를 내밀었다. 새 왕의 존립을 기원하는 축복의 세례는 왕태후가 될 데레니아의 몫이었다.

데레니아는 궁녀가 들고 있던 왕관을 들어서 조심스레 아들의 머리에 씌어주었다. 많은 이들의 환호가 이어졌다. 어떤 여인들은 기쁨과 감격에 눈물을 보이기도 했다. 제국 황녀 에리와 함께 방문했던 제국의 식솔들도 이국의 경사에 신성한 기도문을 아끼지 않았다.

평생 한 번 볼까 말까 한 경건한 대관식의 자리는 점점 무르익어갔다.

왕관을 쓴 레이드가 양손을 들자, 주변 모두가 무릎을 꿇고 자리에 앉았다. 반대로 레이드가 손을 내리자, 다시 일어나 레이드를 지켜봤다. 그의 작은 손짓 하나하나가 모든 사람들의 행동을 결정지을 정도로 중요해졌다. 새삼 레이드는 자신의 자리에 대한 무게감을 인지했다.

"흠흠."

차분히 목소리를 가다듬고 축하의 자리를 더욱 열띠게 만들 연설이 레이드의 입에서 흘러나올 참이었다.

인파 속에서 뭔가가 날아왔다. 정말 한순간이었기에 제대로 눈치챈 사람도 몇 되지 않았다. 대부분은 상황이 벌어진 뒤에야 아! 하고 탄성을 질렀다. 그리고 그 소리는 순식간에 비명 소리로 변모했다.

날카로운 화살이 땅바닥에 나뒹굴었다. 에리가 새파랗게 질린 얼굴로 부러진 화살촉을 내려다봤다. 에리의 앞으로 나선 소년이 마법으로 방어막을 펼치지 않았다면 정말 큰 일이 벌어졌을 뻔했다.

화살을 쏜 범인이 인파를 헤치고 줄행랑치자 기사들과 병사들이 그 뒤를 쫓았다.

축복, 행복, 다복. 온통 복으로만 기록되어야 했던 대관식은 좀처럼 무너진 균형을 되잡기 힘들었다.

* * *

강압적 분위기라든가, 혹은 위압적인 분위기라든가, 하

는 무거운 느낌을 대표하는 자리에는 꼭 있는 사람이 있었다. 루티아르 왕국에서 가장 무섭다고 소문이 자자한 여인, 데레니아 왕비가 바로 그 사람이었다. 한 번의 손짓으로 수십, 수백 명의 목숨이 오가고, 눈빛만으로 상대를 절망케 하는 공포의 대명사였다.

비단 자국에서만 그러했다면, 그러려니 했겠지만 이미 이국에서도 그 유명세가 남달랐기에 함부로 대드는 자가 없었다. 간혹 정신 못 차린 망아지들이 주제도 모르고 날뛸 때면, 그녀의 직하 여섯 기사가 가차 없이 목을 베어 버렸다.

신분을 가리지 않고 오로지 능력만으로 선별한 왕비의 여섯 기사. 그들 개개인의 실력은 가히 으뜸이었거니와, 왕국 최고 권력자인 데레니아의 보살핌도 더해져 그들의 행사권도 무시할 수 없었다.

그중 네 사람이 한자리에 모였으니 이 또한 보기 드문 진풍경이었다. 평상시에는 데레니아가 하달한 특수 임무를 위해 뿔뿔이 흩어져 있는 편이라, 이처럼 네 명 이상이 모이는 자리는 연례행사에 가까웠다. 물론 그렇기 때문에 네 명을 모이게 한 인물은 당연하게도 데레니아였다.

데레니아는 네 사람의 늠름한 모습을 바라보며 흡족한

미소를 지었다. 그녀는 비극으로 마무리된 대관식이 끝난 직후, 왕도에 있던 여섯 기사를 모두 소집했다. 란스 레펜드람과 지크 바란은 타국에 파견 나간 상태였기에 참석을 못 했고, 나머지 네 명은 하던 일을 제쳐 두고 모두 모였다.

그렇게 모인 네 명의 기사는 각각 여섯 기사의 수장인 칼스 페르난도, 외눈의 여무사 향설, 백가 기사단의 단장 그랜달 에리오트, 신탑 요네룬 출신의 차코 하밀이었다.

그들은 데레니아의 어두침침한 표정만 보고 상황의 심각성을 파악한 상태였다.

데레니아는 포도주를 한 모금 음미하더니 눈살은 잔뜩 찌푸렸다. 이내 궁녀가 찻잔을 가져온 뒤에야 마음을 살짝 누그러트렸다.

"모두 잘 와주었다."

"왕비님의 부름이라면 응당 바로 와야지요."

"그래. 그 점이 정말 마음에 들지. 혹여 내가 무슨 일로 소환했는지 짐작 가는 사람이 있나?"

선뜻 대답하지 못하는가 싶더니, 세 사람의 시선이 칼스에게로 쏠렸다. 갑자기 불러들일 정도의 일이라면 최근 일과 관련이 깊었고, 근래 가장 큰 주제는 대관식이었다.

당일 진행됐던 대관식에서 무슨 일이 생겼을 게 분명하

다면, 그곳에 참석했던 사람이 잘 알 것이었다. 대관식에 참석했던 사람은 칼스뿐이었다.

칼스는 머리 쓰는 일은 영 젬병이었다. 체질적으로 맞지도 않았다.

"화살 사건 때문이십니까?"

그 말이 터지기 무섭게 나머지 세 사람의 동공이 커졌다. 대관식에 어떤 이유를 붙이더라도 화살이란 단어가 섞일 여지는 없었다. 그래도 대놓고 혼란을 가중시킬 수는 없는 일. 모두가 데레니아의 대답을 갈구했다.

"그것도 있고. 다른 이유도 있지만, 말이 나온 김에 물어보지. 칼스, 화살이 날아올 때 무슨 이상한 낌새가 있었느냐?"

"딱히…… 아, 이게 이상한 건지 잘 모르겠습니다만. 제 눈이 틀리지 않았다면 화살의 움직임이 미묘했습니다."

"화살의 움직임이 미묘했다? 어떤 의미지?"

"마법의 화살. 혹은 궁술의 명수. 둘 중 하나입니다. 아니면 둘 다이겠죠. 문제는 심문할 겨를도 없이 쫓기는 와중에 범인이 스스로 목숨을 끊었다더군요."

데레니아는 짐짓 턱을 괴었다.

"그 근거는 무엇이냐?"

"제국 측에서 고용했다는 콩이라는 꼬마가 보호마법으로 에리 황녀를 지켜내긴 했지만. 그 보호막의 완전 정면으로 화살이 꽂히진 않았습니다. 살짝 비스듬했다고 해야 할까. 방향이 순간적으로 바뀌는 걸 봤습니다. 마치 보호막이 없었더라도 에리 황녀를 살짝 빗겨갔을 것처럼."

"마치 진짜로 맞출 생각이 없었다는 것처럼 들리는군."

"예. 그러나 어디까지나 소신의 추측이고, 제 눈이 틀렸을 수도 있으니 너무 개의치는 마십시오."

그렇게 말은 했지만 칼스는 데레니아가 이미 신경 쓰고 있음을 인지했다. 남편을 잃고, 아들의 즉위식에서도 불미스러운 일이 발생했다.

더욱이 매 사건마다 제국은 어떤 식으로든 얽혀 있었다. 모양새만 달랐지 이번에도 피해자는 제국의 황녀였다. 이 순간 레인 디너즈라는 더러운 낯짝이 떠오르니 데레니아의 표정에 노기가 잔뜩 드러났다.

"후우, 참아야 하느니."

겨우 마음을 진정시키고 다음 안건을 풀어놓았다.

"그랜달을 제외한 나머지 셋은 당분간 현재까지 내려준 임무 외에 별도의 임무를 내리지 않을 것이다. 얼마 동안은 내 곁에 상주하면서 즉각 대응을 하도록 해라. 지금 진행

중인 임무들도 최대한 빨리 종결시키도록 하고."

"그럼 저는 지금껏 해 왔던 대로 첩보활동을 하면 되는 것입니까?"

"아니. 그랜달, 너에게는 부가적으로 첩보활동 하나를 더해 주겠다. 가용할 수 있는 백가 기사단 전부를 왕도에서 상주하고 있는 제국 인원들에게 붙여라."

"에리 폰 이틀로이하 황녀도 포함되는 것입니까?"

"물론이다. 그녀야말로 가장 중요한 조사 대상이다. 그리고 향설."

"예."

향설은 고개를 조아리고 데레니아 앞에 섰다.

데레니아의 시선은 향설의 왼손으로 향했다가 이내 얼굴을 바라봤다.

"손은 이제 좀 익숙해졌느냐?"

"예전만큼은 아니지만, 검을 잡는 데 큰 무리는 없습니다."

"손가락을 잃는다는 건 참으로 고통스러운 일이지. 왕태자비 앞에서 그런 강단을 보였던 너의 근성은 역시 높이 사는 바다. 제국에도 그런 녀석이 하나 나타났지. 참으로 밉상인 놈이지만 그 수완만큼은 인정해 줘야 할 놈 말이야.

그놈과 관련된 일은 어떻게 되었느냐?"

"왕비님의 예상대로 제국 변두리에 인상착의가 비슷한 아이들이 살고 있다는 정보를 파악했습니다. 이 점에 관해선 에리오트 경이 이끄는 백가 기사단의 도움도 컸습니다."

공을 혼자 독식하지 않는 향설의 자세는 동쪽 한 대륙에서도 좀처럼 보기 힘든 기상이었다. 그렇듯 은덕에 답례하는 면모야말로 향설의 최고 장점이기도 했다. 거기에 실력도 더해졌기 때문에 다른 다섯 명도 그녀를 업신여기지 않았다.

"그래. 바람의 재상이라고 불리는 놈이 그 정도의 그릇을 가졌다면, 단순히 지 실속만 챙기는 소인배는 아니라 생각했다. 그 녀석의 검지손가락 하나가 잘렸다는 소식을 들었을 때, 문득 향설 네가 떠올랐었지. 결국 맹세의 증표로 녀석이 자신의 손가락을 내걸 거라는 예상은 적중했나 보군."

"예."

"가만 보면 참으로 배포 있는 놈인 건 확실해. 아군이라면 천군만마나 다름없었을 테지만, 적으로 만났으니 최악의 상대임은 분명하다."

다들 말은 안 했지만 데레니아의 말을 긍정으로 받아들이고 있었다. 바람의 재상은 젊은 나이에 어울리지 않을 엄청난 업적들을 달성한, 인재는 인재였다.

"향설, 그래서 다음 과정은 어떻게 되었느냐?"

"예. 이미 저의 직속 수하 몇몇이 제국 현지의 용병들을 고용해 놓은 상태입니다. 아마 지금쯤이면 아이들을 데리고 귀환 중일 것입니다."

"믿을 만한 이들인가?"

"예. 제가 가장 아끼는 수하들이니 믿으셔도 됩니다."

*　　*　　*

"아. 누가 내 이야기를 하나?"

"왜? 이번에는 어떤 나라의 어떤 아가씨야?"

"크큭, 그런가? 향설 대장일지도."

"퍽이나. 임무나 집중하자."

향설의 부하들은 우스갯소리를 나누며 집결지로 향했다. 낮 시간 동안 쉬지 않고 달려서 저녁 무렵에는 목적지에 다다랐다.

숲 속에 작은 오두막 하나가 보였다.

슬슬 오두막이 가까워질수록 조심히 몸을 숙이며 이동했다. 혹시라도 주변에 누군가가 있을까 연신 눈치를 보는 기색이었다. 나무 뒤에 숨어가며 겨우겨우 오두막에 도착하니 먼저 와 있었던 이들이 건어물을 내밀며 반겨주었다.

"오셨수?"

"좀 늦은 감이 있구만. 뭐 의뢰비만 잘 준다면야."

"하하하, 미안하외다. 보수는 제대로 줄 테니 너무 화내진 마시오. 흠흠, 일단 자기소개부터 하겠소. 나는 도리스. 여기 옆의 친구는 가빈이오."

도리스는 대충 인사치레를 마치고 빈자리에 자리를 잡았다. 다른 이들이 자기소개를 하려고 하니 그건 하지 말라고 고개를 절레절레 흔들었다.

자기 이름을 밝힌 건 어디까지나 궁금증이 있을 때 질문하게 하기 위함이었을 뿐. 그 이상의 정보를 서로 공유할 필요는 없다는 취지였다. 도리스는 각자가 할 일에 대해서 순서대로 설명해 주고는 덧붙였다.

"뭐 더 궁금한 게 있소?"

"우리도 스스로를 깎아내릴 생각은 없소만. 정말 우리만으로 가능한 거요? 듣자 하니 상대는 바람의 기사단이라면서."

“정보대로라면 그 수는 극소수로 최소한의 인원만 있소. 그에 비해 우리의 숫자는 스무 명가량. 어둠을 틈타 이동해서 급습하면 손쉬운 문제요.”

“뭐 그렇다면야. 우린 보수만 잘 주면 된다고.”

“완료 보수는 나나 가빈이 죽더라도 작전이 끝나는 대로 다른 인원들이 지급해 줄 것이오.”

이후로 별 불만이나 질문도 없었다.

무리는 도리스의 지시에 따라 하나둘 오두막을 나섰다.

슬슬 밤이 내려앉아 주변은 온통 새까만 풍경이었다. 무리는 이런 어둠에 익숙했는지 아무런 불빛도 없이 슬금슬금 숲 속을 돌아다니기 시작했다. 들짐승처럼 조용하고 차분한 발걸음이었다.

맨 뒤에 있었던 도리스와 가빈은 내심 자신들이 고용한 이들이 뛰어난 실력을 보여서 뿌듯했다. 그러나 그 기분 좋은 감정도 그리 오래 가진 못했다. 슬슬 목표한 저택이 보이려는 찰나, 정면에서 날아온 화살이 선두 인원의 머리를 꿰뚫었다.

화살에 당하는 선진을 보며 중진은 어떻게든 검으로 화살을 쳐내거나, 피하고 막는 방법을 택했으나 어째선지 추풍낙엽처럼 쓰러질 뿐이었다. 검이나 방패를 내밀고 대응하려고 하면 마치 마술에 홀린 양 화살의 궤도가 뒤바뀌어서 날아왔다.

도리스와 가빈은 대체 이게 무슨 영문인지 모르겠다는 얼굴이었다. 그 멍한 표정 그대로 화살이 두 사람의 급소를 차례대로 가격했다. 순식간에 스무 명 정도의 인원이 생을 달리했다.

도리스가 겨우 몸을 일으켜 도망치려고 했으나, 누군가가 그의 복부에 박힌 화살을 빼내선 그대로 인중에 박아 넣었다.

도리스는 외마디 비명조차 내지를 수 없었다.

화살을 잡았던 손에서 힘을 풀은 사내는 천으로 피 묻은 손을 닦아냈다.

"다음 생애는 평범한 농부의 아들로 태어나길."

"거 누가 압니까. 아버지는 가라센트의 농부라도 될지."

"가라센트처럼 풍요로운 벼의 땅에서 이런 암살자 같은 놈이 태어났을 리가."

"냉정하시구만. 과연 바람의 기사단 부단장 중 하나이셔. 에단 경, 새삼스럽지만 루티아르로 파견 나간 당신의 제자들? 아니, 부하들인가. 그들 걱정은 안 듭니까."

"마톤, 괜한 오해는 마라. 그 녀석들도 다음 생애는 평범한 농부의 아들로 태어나길 바라는 마음이니까."

"뭐 그러시겠…… 커헉. 누, 누구냐……."

마톤은 가슴팍의 고통을 애써 참아 내며 뒤를 돌아봤다. 쥐도 새도 모르게 등 뒤로 밀착한 상대의 얼굴을 봐야 직성이 풀릴 것 같았다.

가까스로 고개를 돌려서 직면한 상대는 검은 후드로 얼굴을 가리고 있었다. 무엇보다 뒤에서 온 공격은 무기가 아닌, 손톱? 손? 그런 형질의 것이었다.

"미안한데. 일은 일이거든."

검은 후드를 스윽 내린 르나이아가가 싱긋 웃었다.

끝내 마톤은 숨을 몰아쉬다가 죽음을 맞이했다.

마톤의 죽음으로 낌새를 차린 에단이 디딤 발로 거리를 벌렸다. 그는 눈 깜짝할 사이에 화살의 장전거리를 만들었다. 그러나 슬그머니 둘의 뒤로 다가와 마톤의 숨을 앗아갔던 르나이아가는 어느새 시야에서 사라진 뒤였다.

"웬 놈이냐."

에단은 긴장한 기색이 역력했다.

활을 사용하는 그에게 있어 깜깜한 밤이 낮보다 불편하고 불안정한 여건인 건 맞았지만, 그는 그 조건 속에서 스무 명 정도의 살수들을 저격한 실력자였다.

그런데도 방금은 인기척 하나 느끼지 못했다. 주변에 널리고 널린 나무들이 상황을 더욱 열악하게 만들었다. 적들의 생사를 확인한답시고 무리하게 숲 속까지 진입한 게 화근이었다.

"마치 야수를 상대하는 것 같군."

에단을 중심으로 마치 원형을 그리듯 인기척이 희미하게 느껴졌다. 어찌나 재빠른 몸놀림인지 눈으로 좇기가 역부족이었다.

에단은 언제라도 당길 수 있도록 시위를 만지작거렸다. 누가 덤빌지라도 제압할 자신이 있었다. 식은땀이 눈가에 떨어져 잠깐 눈을 깜박인 순간, 오른편에서 르나이아가가 달려들었다.

"거기냐!"

"이미 늦었다고!"

피슉— 날카로운 화살이 르나이아가의 뺨을 스쳐 지나갔다.

간발의 차로 피해 낸 르나이아가는 그대로 에단에게 주먹을 날렸다. 가까스로 주먹을 피했다고 싶었을 때 바로 이어진 발차기가 에단의 복부에 박혔다. 두툼한 소리를 자아내며 에단의 몸이 붕 떠올랐다.

“크윽. 이게 인간의 몸놀림이라니.”

“뭐 인간이 아니긴 해.”

“그럼 어디, 인간이 아닌 자를 사냥해 보지.”

에단은 활시위를 당기는 척하더니 품에 숨겨놓았던 단검을 던졌다. 예상 못 한 공격에 르나이아가는 바로 반응하지 못했다. 던지는 솜씨도 보통이 아니었기에 그만 허벅지를 내주고 말았다.

단검이 박힌 허벅지를 어루만지는 사이, 에단은 저만치 거리를 벌렸다. 그 또한 인간이 맞나 싶을 만큼 굉장한 육체신경을 자랑했다.

멀찌감치 거리를 둔 에단은 활 조준을 게을리 하지 않으면서 점차 거리를 벌려갔다. 반면에 허벅지를 당한 르나이아가는 상대적으로 이동속도가 느려졌다. 일정 거리를 겨우 따라잡을라치면 차가운 화살촉이 바로 옆을 스쳐 갔다.

“젠장, 번거로운 녀석이구만.”

한 번 시야에 노출된 상태가 되니 좀처럼 거리를 좁히기 힘들었다. 르나이아가는 입술을 짓씹으며 어떻게든 따라잡으려고 부단히 노력했다.

또 한 방의 화살이 매섭게 공기를 가르며 뺨을 훑고 갔다. 핏물이 흐르는 뺨을 혀로 핥고는 다시 박차를 가했다.

어느새 저택 건물이 보이는 근처 초원까지 밀려난 에단은 다시 자세를 잡고서 활의 시위를 당겼다. 한 번에 세 개의 화살이 동시다발적으로 발사됐다.

미묘하게 다른 궤도로 오는 화살 세례에 르나이아가의 얼굴에도 난감한 기색이 역력했다. 겨우 피했나 싶으면 뒤이어 또 한 발이 날아왔다. 르나이아가가 짜증스러운 말투로 중얼거렸다.

"뭔 놈의 화살이 끝도 없어? 젠장."

"미안하지만 승부는 지금부터다."

에단은 활시위를 하늘을 향해 일직선으로 겨냥했다. 르나이아가가 덤벼들든 말든 뒤로 빠지면서 위쪽으로만 화살을 날렸다. 놀랍게도 그런 행동을 고수하면서도 르나이아가의 공격을 피해 냈다.

"이 자식, 잔재주를 부리는구만."

"보면 안다."

"쳇. 슬슬 끝내자고."

르나이아가가 일순간 빠르게 도약했다.

한 번에 거리를 좁힌 그의 움직임을 완벽히 피하는 것은 무리였다. 에단은 마저 화살을 발사하고는 활대로 르나이아가의 일격을 막아 냈다. 그 일격의 여파가 어찌나 거세던지 에단은 몇 발자국 뒷걸음질 쳤다.

"잡았다."

르나이아가는 활대를 잡은 손을 잡아당겼다. 이제 한 방만 제대로 꽂아 넣으면 승부는 끝이었다. 회심의 미소가 르나이아가의 입술에 어렸다. 그러나 그의 미소 띤 얼굴은 금세 상기된 얼굴로 변했다.

에단은 전혀 당황한 얼굴이 아니었다. 오히려 여유로운 미소를 짓고 있었다.

"잘 가라고. 야수 친구."

하늘로 쏘아 올렸던 화살의 비가 순서대로 쏟아져 내렸다. 마치 유도 마법이라도 걸려 있는 것처럼 르나이아가가 피하는 위치마다 떨어져 내렸다.

하늘에서 뿌려진 화살 세례를 피하느라 정신이 없었던 르나이아가에게 정면으로부터도 차가운 화살촉들이 퍼부어졌다. 앞에서 치고 오는 화살들은 더욱 강렬했다. 에단도 더없이 진지하게 활시위를 당기는 중이었다.

푸슉—

르나이아가의 왼쪽 어깨에 화살이 꽂혔다. 하늘의 공격들을 피하느라 차마 정면의 화살들을 완벽히 피하지 못한 탓이었다. 한 번 화살에 맞고 균형이 무너지자 뒤이어 날아온 화살들도 쉽게 허용하고 말았다.

르나이아가의 얼굴이 새파랗게 상기됐다. 이대로는 죽음 외에 선택지가 없었다. 상대는 어둠에 묻힌 싸움에서도 능숙한 진짜 실력자였다.

"젠장. 아직은 할 게 많은데 말이야."

"헛소리를 지껄이는 걸 보니 슬슬 한계인가 보군. 그만 편하게 해 주마."

에단은 화살 세 발을 장전했다. 기괴한 방향에서 치고 들어오는 활 춤의 향연이 시작됐다.

피슉— 피슉—

화살 두 발이 연속적으로 르나이아가의 뺨을 스쳐 갔다. 베인 볼에서 피가 스르르 흘러내렸다.

이후로도 전신 이곳저곳에 화살의 잔흔이 남았다. 그래도 전진 말고는 답이 없었다. 르나이아가는 이를 악물고 고통을 참아 냈다. 오른쪽 어깨에 화살이 박히자 절로 거친 숨이 튀어나왔다.

"이판사판이다!"

르나이아가는 어깨에 박힌 화살을 부러뜨리고 에단에게 달려들었다. 에단의 화살을 비스듬히 피해 내고는 그대로 허리를 돌려 뒤돌려 차기를 날렸다.

콰직!

미처 피하지 못한 에단의 목에 발차기가 직격으로 꽂혔다. 혼신을 다한 일격은 가히 위력적이었다. 한 방에 자세가 무너진 에단이 무릎을 꿇자, 곧바로 안면에 주먹이 이어졌다.

고개를 젖혀서 피해냈지만 풍압으로 코가 벌렁거렸다. 균형이 순식간에 흐트러지면서 바닥에 엉덩방아를 찧었다.

르나이아가의 주먹이 에단의 얼굴 바로 앞에서 멈췄다.

에단이 피식 웃으며 말했다.

"한순간에 승부가 나버렸나."

"생존 싸움이란 게 그런 거 아니겠어?"

"그만 끝내라."

"그럴 수도 있겠지만, 피차 죽일 필요는 없지 않겠어."

"무슨 소리지?"

"보면 알아."

르나이아가는 고갯짓으로 저택 쪽을 가리켰다. 검은 제복을 입은 병사들이 우르르 몰려오고 있었다.

"화살 형씨, 다음에 또 기회 되면 보자고. 그때는 제대로 된 조건 하에서."

"하아, 그건 사양하고 싶군."

"그러시든가."

가볍게 던져본 대사에 어울리지 않게 르나이아가는 부상이 심했다. 몸을 추스르느라 추격을 따돌리는 것도 버거웠다. 그 정도로 에단의 실력은 대단했다.

요 근래 르나이아가가 싸웠던 이들 중 으뜸이라고 해도 과언이 아니었다.

추격을 겨우 따돌리던 그 시점.

정면에서 연막탄이 펑! 하고 터졌다. 주변을 뒤덮은 연기 속에서 병사들이 허우적거리는 소리가 난자했다.

르나이아가만이 연막이 사라져가는 부분을 귀신같이 찾아서 빠져나왔다. 연기가 제일 먼저 가시는 장소에 이야기꾼 데미안이 서 있었다.

"여어, 오셨습니까."

"하아, 하아. 데미안 형씨, 와줘서 고마워."

"적절한 때에 온 것 같아 다행입니다. 부상이 깊은 것 같으니 제가 부축해드리겠습니다."

데미안이 운동과는 거리가 먼 체질이었지만 그래도 그의 부축을 받으니 제법 편해졌다. 멀리에서 망원경으로 관망하고 있다가 딱 위기순간에 나타나, 도움을 주는 솜씨도 인정해 줄 만했다.

비록 이 둘이 성향은 정반대였지만, 이런 시너지를 보면, 메를리니의 용병술이 얼마나 뛰어난지 알 수 있는 대목이었다.

데미안이 말했다.

"그나저나 정말 놀랐습니다. 아까 그자의 실력은 저 같은 초보자가 봐도 엄청난 솜씨였습니다. 당신이 이 정도로 만신창이가 될 줄이야."

"내 말이. 저 녀석이 그 뭐냐, 바람의 기사단인가? 그런 거랬지?"

"예. 제가 알기로는 기사단의 주축 중 하나인 에단 키라트입니다. 바람의 재상을 섬기는 최측근이지요."

"그렇다면 언젠가 또 보긴 보겠군."

"다소 진부한 전개이지만, 방금 기회가 됐을 때 목숨을 끊지 않은 게 큰 화근이 될지도 모르겠습니다."

"그건 내가 책임질 테니 걱정 마. 이 이야기는 그만하고 서두르자. 메를리니가 하달한 임무를 완수하지 못했으니 어서 알려야 할 것 아니야."

"오호. 그런 것도 염두에 두시다니, 성장하셨군요."

데미안이 빙그레 웃어 보이자, 르나이아가는 심드렁하게 웃으며 화답했다.

그쯤 부하들의 도움으로 목숨을 건진 에단은 만감이 교차하고 있었다. 자존심이 다소 상하기도 했지만, 한편으로는 쓸 만한 적수를 만났다는 경험에 만족스러운 감정도 있었다.

그가 부하들의 부축을 받으며 저택으로 들어섰을 즈음, 저택집사가 헐레벌떡 달려왔다.

"에단 키라트 경, 괜찮으십니까?"

"아아, 괜찮소."

"경께서 이렇게 다치실 정도라면, 상당히 센 놈들이었나 봅니다."

"놈들?"

"예. 이 일대에는 제법 무서운 놈들이 많지 않습니까. 그래도 한 놈만 남기고 다 해치우셨다니 놀랐습니다. 역시 에단 경의 실력은…… 커억."

에단이 품에서 꺼낸 화살촉이 집사의 목을 꿰뚫었다. 즉사하지 않도록 죽지는 않을 만큼 정교하게 꽂아 넣었다.

"에, 에, 경…… 무, 무슨?"

"앞서 무리는 급박해서 병사들에게는 따로 공유했던 적이 없는데 말이야. 지금의 난 신경이 굉장히 날카롭다고. 자비 따위와는 거리가 먼 상태랄까. 애초에 할 말, 못 할 말

가려서 했어야지.”

에단은 화살촉을 더욱 깊게 찔렀다. 집사가 목을 부여잡고 숨을 거둔 뒤에야 힘을 빼고 손을 놓았다. 이내 바닥에 널브러진 집사의 시체를 뒤로하고 병사들에게 명령을 내렸다.

“지금 즉시 레인 디너즈 공에게 소식을 알려라. 위치가 들통 났으니 다른 곳으로 이동해야 하며, 첩자 하나를 제거했지만 또 얼마나 더 있을지는 장담할 수 없다고.”

*　　*　　*

르나이아가와 에단의 사투가 있고 얼마간의 기간이 흘렀다. 에단의 신속한 조치에 발목이 잡힌 르나이아가와 데미안은 끝내 아빅의 아이들을 확보하지 못했다. 그로 말미암아 메를리니의 정치적 반격도 허용되지 않았다.

결국 루티아르 왕국에서는 전례 없던 왕비 즉위식이 거행됐다. 본디 정상적인 절차에 의거했다면 왕태자비였던 메를리니가 왕비에 올라야 했으나, 정치적 문제가 여러 가지 얽히면서 제국의 황녀 에리가 왕비 즉위식의 주인공이 되었다.

데레니아는 마땅찮은 눈길로 아들의 짝이 될 여인을 쳐다봤고, 당사자인 레이드 또한 가슴을 옭아매는 죄책감과 분노가 뒤엉켜 있었다.

루티아르의 새 왕이 대관식을 거행했던 그 자리, 동일한 시각. 각계의 중심인물들이 모두 모여서 새 왕비가 행복하기를 기렸다.

즉위식의 절차와 진행은 데레니아의 친오빠이자 왕국 최고의 권력자 중 하나였던 로우 르 포르테 공작이 맡았다. 여동생과 달리 우스갯소리나 실없는 농담도 잘 날릴 줄 아는 유쾌한 사내였다.

로우가 가볍게 몇 마디를 던질 때면 무겁고 불안했던 즉위식의 분위기도 조금은 유하게 풀어졌다. 그의 등 뒤에 실린 권력도 권력이었지만, 그가 날리는 멘트가 도를 넘지 않고 적정선을 유지했기에 누구 하나 불만이 없었다.

분위기 이완용 멘트가 끝이 나고, 진지한 다음 멘트가 이어졌다. 강당에 모여 있던 모두의 시선이 로우에서 막 입구로 들어선 여인에게로 쏠렸다.

앞으로 루티아르의 수십 년을 장식할지도 모를 새 신부의 등장이었다. 다이헤르의 3황녀 에리 폰 이틀로이하로 태어나, 오늘 부로 루티아르의 왕비 에리 폰 루티아가 될 여인이었다.

에리는 오라버니 아르펜의 에스코트를 받으며 레이드와 로우가 서 있는 중심무대까지 걸어왔다. 대놓고 드러나진 않았지만 레이드의 얼굴에 불쾌한 기색이 엿보였다.

에리에게 있어서도 이번 결혼식은 영 탐탁지 않은 요소가 많았다. 정치적으로 생판 얼굴도 모르는 이와 결혼하는 건 공주들의 숙명이기도 했지만, 왕태자비가 있는데 그 자리를 뺏고 왕비에 오르는 건 정말 전대미문이었으니까.

로우가 왕국의 아버지가 된 조카와, 왕국의 어머니가 될 조카며느리의 행복에 대한 언사를 읊조리기 시작하자, 다른 이들도 왕국의 평화와 안녕을 기원하며 축복의 기도를 속삭였다.

단 한 명만이 저주도, 축하도 아닌 애매한 감정을 품은 채 왕비 즉위식을 바라보고 있었다. 목에 차고 있었던 황금빛 종이 주인의 마음에 공명하듯 미세한 진동을 품었다.

제9장

왕실의 여인들

『어설픈 도발은 자칫 상대의 역공에 주저앉아 좌절을 느낄 수 있으니 조심하라. 스스로도 심하다고 생각될 만큼 강하게 도발하라. 그럼 적은 흥분을 못 이기고 실수를 하기 시작할 테니까. 나는 그 광경을 똑똑히 지켜본 바 있다.

-루티아르 왕실 대마법사 차코 하밀이 집필한
왕실의 위험한 여건들中-』

루티아르 왕실은 세 여인이 보이지 않는 각축전을 벌이는 전쟁터가 되었다. 데레니아는 여전히 메를리니를 신용하지 않았고, 에리의 뒤를 캐는 것도 게을리 하지 않았다.

이 무렵, 데레니아는 에리의 친오빠인 아르펜 태제가 밤마다 남몰래 왕국 서부를 다녀온다는 사실을 알아냈다. 아르펜의 입장은 상당히 미묘한 위치에 있던 터라 그에 대한 정보가 많이 필요한 시점이었다.

메를리니의 편을 들어 주는 것 같으면서도 역시 혈연을

저버리지 않았던 아르펜의 행보는 매우 중요했다. 그가 틈틈이 서부의 지주 귀족 중 하나였던 에피트 백작을 만나는 것은 분명했으나, 그의 진짜 목적이 뭔지는 파악하지 못했다.

데레니아가 이런 의심을 하게 된 직접적인 계기는 일전의 만남이 크게 작용했다.

메릴리니의 의도적인 행동이었는지는 몰라도, 그녀가 아르펜을 찾아가 만났던 일은 데레니아의 관심을 끌기에 충분했다. 메릴리니와 아르펜은 그랑디아 상단과의 연결고리로 인연이 남아 있었다.

에리가 왕비에 오른 지 얼마 안 된 시기라, 그녀를 보좌하는 의무로서 아르펜은 왕비궁에 마련된 손님방에 묵고 있었는데, 그곳에 메릴리니가 방문했던 것이다.

빛이 만연한 오후 무렵.

메릴리니는 진한 커피향을 음미하고는 잔을 내려놓았다. 그녀의 그윽한 눈동자는 아무 곳도, 또한 아무것도 바라보지 않는 듯, 무미건조했다.

"황자님, 아니, 이제는 태제님이라고 불러드려야 하나요. 자꾸만 헷갈리네요."

"호칭이 뭐 중요하겠습니까. 차차 익숙해지시겠죠. 그나저나 이렇게 저를 찾아오시면 오해라든가? 그런 게 생겨서 곤란해지시지 않습니까?"

"그렇게 되면 왕비님의 입지가 더욱 견고해지실 테니, 태제님께도 나쁘진 않지 않나요. 누이의 영광은 곧 오라비의 행복일 테니까요."

아르펜은 고개를 갸웃거리다가 피식 웃었다.

"차라리 그런 입장이었다면 나았을 지도요. 저는 아버님과 큰 형님이 세상을 떠난 이후로, 뭐가 옳고 그른 것인지 잘 모르겠습니다. 원래 정치색에는 큰 관심이 없었기 때문인지 이곳에서 지내는 동안에도 골치만 아플 뿐이지요. 그냥 모두가 행복한 세상에서 살고 싶다는 바람이라면, 너무나 추상적인 표현이겠습니까?"

"아뇨. 그런 가치관을 가지셨고, 또 바란다는 점에서 아르펜 태제님의 존재가 큰 의미를 가진다고 생각되네요. 저도 예전에는 그와 같은 이상향을 꿈꾸기도 했었고, 평화로운 세상이 오길 기다리기도 했었죠."

확실히 메를리니는 그런 적이 있었다.

돌아온 12년의 세월 이전에 핍박과 질타를 받지 않았다면, 그녀는 그 누구보다 순수하고 한없이 착한 여인으로 살아왔을 지도 모를 일이었다.

하나 세상은 오염됐고 그녀 또한 짙은 어둠으로 물들어 버렸다. 이젠 어디에 가서도 순수하다는 헛소리를 나열할 입장이 아니었다.

아르펜은 짐짓 턱을 괴었다.

"가만 보면 빈궁께서는 마치 10년은 족히 더 사신 분처럼 말씀하십니다. 어른이 아이를 대해 주는 그런 입장처럼."

메를리니는 어깨를 가볍게 으쓱했다. 12년을 거슬러 올라온 그녀에게 있어서 아르펜이 다소 어리게 보이는 건 사실이었다.

"기분 탓이시겠죠."

"기분 탓이라. 그럼 그 기분에 의거해서 한 마디만 여쭙겠습니다. 아무리 생각해도 답이 나오질 않는 의문이었습니다. 빈궁께서는 어찌하여 굳이 그 자리를 받아들이신 것입니까? 왕태자비에서 왕비가 아니라 후궁이라니, 일반적으로 그 지경에 이르면 자존심 때문에라도 저버리는 게 맞지 않습니까?"

"역시 피는 못 속이나 보네요. 태제께서도 오라비로서 누이를 아끼는 마음이시군요."

"오해십니다. 그저 여쭙고 싶었습니다."

메를리니는 빙그레 웃으며 자리에서 슥 일어났다. 남은 커피를 쭉 넘기고 빈 잔은 그대로 들고 다녔다.

본래는 투명했을 유리잔은 커피의 흔적으로 얼룩져 있었다. 메를리니가 장난삼아 몇 번 잔을 빙그르르 돌릴 때면, 아르펜의 시선이 그쪽으로 향했다 원점으로 돌아오곤 했다.

“저도 아직은 순수를 믿고 싶어서요. 순수한 사랑.”

“순수한 사랑이라.”

아르펜은 입술을 약간 벌린 채 메를리니를 쳐다봤다. 그랑디아 상단과의 연결고리로 이어진 우호적인 관계였고, 그녀의 수완을 존경하는 마음도 없지 않았다. 그러나 그녀의 그릇이 커다랗다는 걸 느낄 때마다, 어쩐지 진실로 와닿지 않아서 거리감이 생겼다.

그건 비단 아르펜만의 골칫거리는 아니었다. 메를리니 또한 아르펜을 어디까지 신용해야 할지 감이 안 잡히는 중이었다.

원래 사피에의 새라고 불릴 정도로 자유를 갈망했던 3황자 아르펜의 죽음은 비극적이었다. 그러나 메를리니의 행보에 의해 알게 모르게 기존의 역사가 뒤바뀌면서 제국 황위 물갈이도 가속화되었고, 아르펜의 비명사도 현실이 되지 않았다.

이러한 변화의 추 앞에서 메를리니는 고민하곤 했다. 아르펜이 진짜 누구의 편인지, 그를 아군으로 들여야 할지 말지.

두 사람의 고민이 갈 길을 찾지 못한 채 헤매고 있는 그 때.

똑똑—

문을 열고 누군가 들어왔다. 왕국 안에서 왕비의 형제가 머무는 방을 노크만 하고 들어올 수 있는 사람이 과연 몇이나 될까.

가장 유력한 인물은 역시 그녀였다.

방으로 들어온 에리는 메를리니와 아르펜을 보고 깜짝 놀라는 기색이었다. 그것이 삼류 연극배우의 연기와 진배없음을 두 사람도 알고 있었다.

"빈궁과 오라버니가 함께 계실 줄은 몰랐네요."

"예. 빈궁께서 급히 논의할 일이 있다고 하셔서 이렇게 초대를 드렸습니다."

"오라버니께서 그렇다고 하시면 그런 것이겠죠. 그래도 세간에 소문이라도 잘못 나면 어쩌나 싶어서요. 말은 행동보다 빠르고 멀리 가는 법이니까요."

아르펜은 이마를 되짚었다. 자리가 사람을 만든다는 말이 사실이었다. 본래도 욕구가 강했던 누이동생이었거늘. 이제는 기반마저 생기고 말았다.

펜헤 도보에서 메를리니와 대면했을 때 보였던 모습과는 너무나 대조적이었다. 남편의 사랑이 메를리니에게 쏟아지고 있음을 알기에 더욱 표독하게 변하고 있었다.

"태제의 말씀대로랍니다. 왕비 마마, 저는 용무는 끝났으니 이만 물러가 보겠습니다."

"네. 다음에는 각별히 조심하시는 게 좋겠어요. 행여 전하의 미움을 사시기라도 한다면, 제 마음이 다 아플 것 같거든요."

"네. 그럼."

메를리니는 가볍게 목례하고 방을 나갔다.

방 안에 남은 둘 사이에 싸늘한 공기가 맴돌았다.

"에리, 다음부터는 그러지 말거라."

"네? 무슨?"

"솔직한 심정으로 이미 왕비에까지 오른 네게 이래라저래라 할 생각은 없다만. 너를 그 자리에 앉히기 위해 디너즈 공이나 형님께서 계획한 바가 있었던 것 같으니. 너 하나의 독단으로 대사를 그르치는 일만은 막아야 하지 않겠느냐.”

“하시고 싶은 말씀이 뭐죠?”

“메를리니라는 여자를 가벼이 보지 말거라. 그릇의 크기만 놓고 본다면, 데레니아 왕태후와 비교해도 결코 부족하지 않을 여인이다. 어수룩한 장난질을 하다간 큰 코 다칠 것이다.”

오라버니의 진심 어린 충고에 즉흥적인 대답은 없었다. 에리는 고개를 갸웃거리더니 키득, 하고 웃음을 터트렸다.

*　　*　　*

일요일 아침, 그룬디에 선틀은 밤의 주신 헤르안나를 기리는 예배를 본 뒤, 무도회를 전전했다.

무더운 더위 아래에서 즐거운 소축제의 장이 열려 있었다. 그룬디에는 악기의 음률에 맞춰 춤을 추는 여흥을 즐겼다. 그날 저녁 불꽃놀이 밤하늘을 가득 채우고 자정이 될 때까지 재미있는 하루를 보냈다.

그룬디에는 땀으로 흥건해진 옷을 훌훌 털어 내고는 벤치에 앉아 휴식을 취했다.

때마침 시종들이 간단히 마실 오렌지 주스를 대령해 왔

다. 얼음을 탄 주홍빛 주스의 상큼한 맛이 입 안을 슥 훑는다. 어찌나 시원하던지 피로가 싹 가시는 기분이었다.

대낮의 찌는 듯한 무더위가 물러가고 어느새 저녁 무렵이 되었다. 딱 적당한 휴식의 시간이었다.

주변이 완전히 깜깜해지는 걸 방지하기 위해 몇몇 시종들이 횃불을 들고 근처를 어슬렁거렸다. 꺼질 듯 말 듯 불꽃이 일렁이고 시야가 살짝 흔들리듯 초점이 맞지 않았다. 눈꺼풀을 몇 번 깜빡거리며 쳐다보니 백색 머리의 여인이 걸어오는 게 보였다.

“이르에 조니악 경?”

그룬디에는 눈만 번히 뜨고 쳐다봤다.

이르에가 반갑다는 듯 손짓을 해도 그룬디에의 표정은 벙 쪄 있었다.

“빈궁 마마의 수호기사께서 이런 곳까지 어인 행차이십니까.”

“주군의 말을 전할 겸, 또 당신과 대화를 나누고 싶어서. 그룬디에 선틀 자작, 아, 이제는 그룬디에 선틀 백작이신가.”

“뭐 빈궁 마마께서 약속을 지켜 주신 덕분이지요. 한 잔 하시겠습니까?”

"아, 그래 주신다면야 감사히."

그룬디에는 시종을 시켜서 특제 주스를 더 가져오게끔 했다. 이르에의 취향에 맞게 오렌지 과즙보다 덩어리가 더 많은 주스가 대령됐다. 걸쭉한 주황 음료를 쭉 들이켠 이르에는 만족스러운 얼굴이었다.

그룬디에도 새 잔을 한 모금 음미하고는 이르에를 바라봤다.

"빈궁 마마께서 전해 달라고 하신 말씀은 무엇입니까?"

"평소와 마찬가지로 동쪽 국경에 대한 주제랄까. 보고서가 다소 늦어지고 있는 것 같다더군요. 혹 무슨 애로 사항이라도 있는 건가, 하고 걱정하고 있습니다."

"그것까지만 궁금하시다면야 저로선 다행이지요."

"아아. 정말 그 점에 대해선 아무 말도 없었지만, 오히려 그래서 제 쪽에서 궁금하군요. 그룬디에 선틀 백작께서는 앞으로 어찌하실 요량이십니까?"

"자신의 득을 위해 승승장구할 줄 알았던 주인을 위해 일을 했고, 그 주인 덕분에 득을 보았는데. 이제 그 주인의 자리가 위태로우니 다른 주인을 찾아 움직일 것이냐, 아니면 계속 주인을 모실 것이냐, 그 맹점이겠군요. 수호기사께서는 어떻게 생각하십니까?"

다소 노골적이었다.

이르에는 심드렁한 얼굴로 대답했다.

“기울 것 같은 배를 계속 타는 것도 곤욕일 터. 옆에 구조선이 왔는데 어서 옮겨 타야 하려나.”

“예. 근데 알고 보니 구조선에도 미처 파악하지 못한 결함이 있었다거나, 혹은 구조선으로 위장한 해적선이었다든가. 또는 원래 타고 있던 배가 침몰하지 않고 순항한다든가. 변수는 많겠지요. 어찌, 이걸로 제 대답이 되겠습니까?”

충분한 대답이었다. 이르에는 오렌지 건더기를 우물우물 씹고는 이내 빙그레 웃었다.

“맛이 좋군요.”

“예. 특별히 최고급 오렌지만을 공수해서 먹곤 합니다. 그나저나 수호기사께서 이렇게 자리를 비우시니, 빈궁 마마의 호위가 어떨지 걱정되는군요.”

“비록 제가 호위기사로서 자리하고 있긴 하지만, 진짜배기는 따로 있죠.”

“유지니 디 양을 말씀하시는 것이군요.”

이르에는 대답 대신 고개를 끄덕였다.

그룬디에는 부드럽게 턱을 어루만졌다.

"그녀는 제 호위기사장인 안톤을 넘어서는 실력자이지요. 빈궁 마마를 뵐 때마다 그림자처럼 뒤따라다니는 충실한 궁녀이면서 호위무사, 그런 느낌이겠군요. 확실히 그녀가 있다면 그 어떤 위협도 빈궁 마마를 노릴 수 없겠지요. 새삼 마음이 놓이는군요."

"뭐 그래서인지 빈궁도 요즘 들어 부쩍 대담해지는 중이죠. 우스갯소리로 이런 말을 하던데, 감정을 자극해서 이길 거라나 뭐라나."

"하하하, 그분이야 늘 대담하고 예측불허이셨지요."

"단지 그 장단에 맞춰 주느라 주변인들이 모두 고생 중이죠."

이르에가 킬킬 웃자, 그룬디에도 너털웃음을 지었다. 그렇듯 두 사람이 메를리니의 엉뚱함과 담대함을 논하면서 웃어재끼던 그날 저녁.

이르에가 읊었던 감정을 자극한다는 말의 한 칸이 왕궁 정원에서 채워지고 있었다.

*　　*　　*

밤하늘을 밝게 비치는 가느다란 한 줄기 빛. 보름달이 자아내는 은은한 조명 아래로 왕궁 정원에는 두 사람이 마주서 있었다. 눈치 없는 나비 몇 마리가 주변을 날아다니고 있을 뿐, 마치 약속이라도 한 듯, 정원에는 그 둘뿐이었다.

메를리니는 가느다란 손길로 레이드의 옷을 탁탁 털어주었다. 아내로서 해 줄 수 있는 건 그리 많지 않았다. 옷매무새를 정리해 준다든가, 그의 새하얀 피부를 어루만져 주는 것 정도.

공식적인 자리가 아니고서는 그것마저도 오늘처럼 모두의 시선을 덜어 버리고 몰래 만날 때에나 가능한 것이었다. 물론 언제라도 레이드가 원한다면 만날 수 있었지만 데레니아나 에리의 눈치를 안 볼 수 없었다.

아내가 옷을 정리해 주는 걸 가만히 기다려준 레이드는 혀끝을 굴려 보다가 이내 삼켰다.

사랑이라는 명칭으로 화려하게 꾸밀 수 있는 건 그리 많지 않았다. 두 사람이 서로 사랑한다는 건 루티아르의 백성이라면 누구나 다 아는 사실이었다. 진실을 넘어서 그 어떤 단어로도 치장할 수 없는 분명한 이야기였다.

레이드는 말없이 메를리니를 꼭 안아 주었다. 차라리 왕태자도 왕태자비도 아닌, 왕도 왕비도 아닌, 그저 평범한 백성 중 하나로 만났다면.

그랬다면 이런 고충 따위 없이 마음껏 사랑할 수 있었을까. 막연히 드는 감정의 응어리가 레이드의 가슴을 후벼 파듯 고통스럽게 저몄다.

"메를리니……."

"전하……."

메를리니는 눈물이 맺힌 눈동자를 지그시 감았다 떴다. 물방울이 뚝, 레이드의 어깨로 떨어졌다. 슬픈 얼굴 사이로 희미한 미소가 드리웠다.

애잔함을 듬뿍 머금었어야 했을 눈동자는 살짝 눈웃음으로 변모했다. 그러면서 저 멀리 또 다른 눈동자와 마주 보고 있었다. 부들부들 일그러지기 시작한 눈동자의 주인은 에리였다.

〈다음 권에 계속〉

DREAMBOOKS

DREAMBOOKS